五福五代堂古稀天子寶

八徵耄念之寶

太上皇帝之寶

重刊許氏說文解字五音韻譜卷十二

入聲三

白 七十二 旁陌切白

帛 七十三 旁陌切帛

乇 七十四 陟格切乇讀若

丮 七十五 几劇切讀若戟

麥 七十六 莫獲切麥

冊 七十七 楚革切冊

疒 七十八 女戹切疒

革 七十九 古覈切革

畫 八十 胡麥切畫

夕 八十一 祥易切夕

尺 八十二 昌石切尺

赤 八十三 昌石切赤

炙 八十四 之石切炙

石 八十五 常隻切石

彳 八十六 丑亦切彳

亦 八十七 羊益切亦

易 八十八 羊益切易

辟 八十九 必益切辟

糸 九十 莫狄切糸讀若覛

冂 九十一 莫狄切冂

秝 九十二 郎擊切秝讀若歷

鬲 九十三 郎激切鬲

䰜 九十四 郎激切䰜

食 九十五 乘力切食

濕 溼九十四湒部　　合 九切十五集
𣛷 九切十二林謹落部　　𠓝 激九切十三高部
亯 九切十亯讀若含切　　冂 狄九切十一冂
皀 入十六切皀　　䚇 益入切十九亦辟
入 人汁切十六入　　亦 益入切十九亦
及 巨立切十四又　　石 隻入切十五常
𠬢 尼入切十三又　　夾 石入切十三
畫 胡麥切十三畫　　夕 祥易切十一夕
一 於悉切十四一　　革 古覈切十三革
麥 莫獲切十五麥　　𢆉 卄讀若滐
乇 陟格切十四乇　　𠬪 古讀十五
白 旁陌切十二白　　帛 陌十三帛

白 七十二

夨 九十六阻 力夨
嗇 九十八所 力切嗇
茍 一百己 力切茍
北 一百二博 墨切北
克 一百四苦 得切克
亼 一百六秦 入切亼
入 一百八人 汁切入
文十二
立 一百十力 及切立
皀 一百十二皮 及切皀
帀 一百十四子 荅切帀
㚔 一百十六尼 輒切㚔
劦 一百十八胡 頰切劦

色 九十七 力切色
力 九十九林 直切力
皕 一百一彼力 切皕讀若逼
黑 一百三呼 比切黑
習 一百五似 入切習
十 一百七是 執切十
㗊 一百九阻立 切㗊讀若戢
二
邑 一百十一 於汲切邑
卅 一百十三蘇沓 切卅讀若颯
雥 一百十五徂合 切雥讀若雜
聿 一百十七尼輒 切聿讀若聶
甲 一百十九 古狎切甲

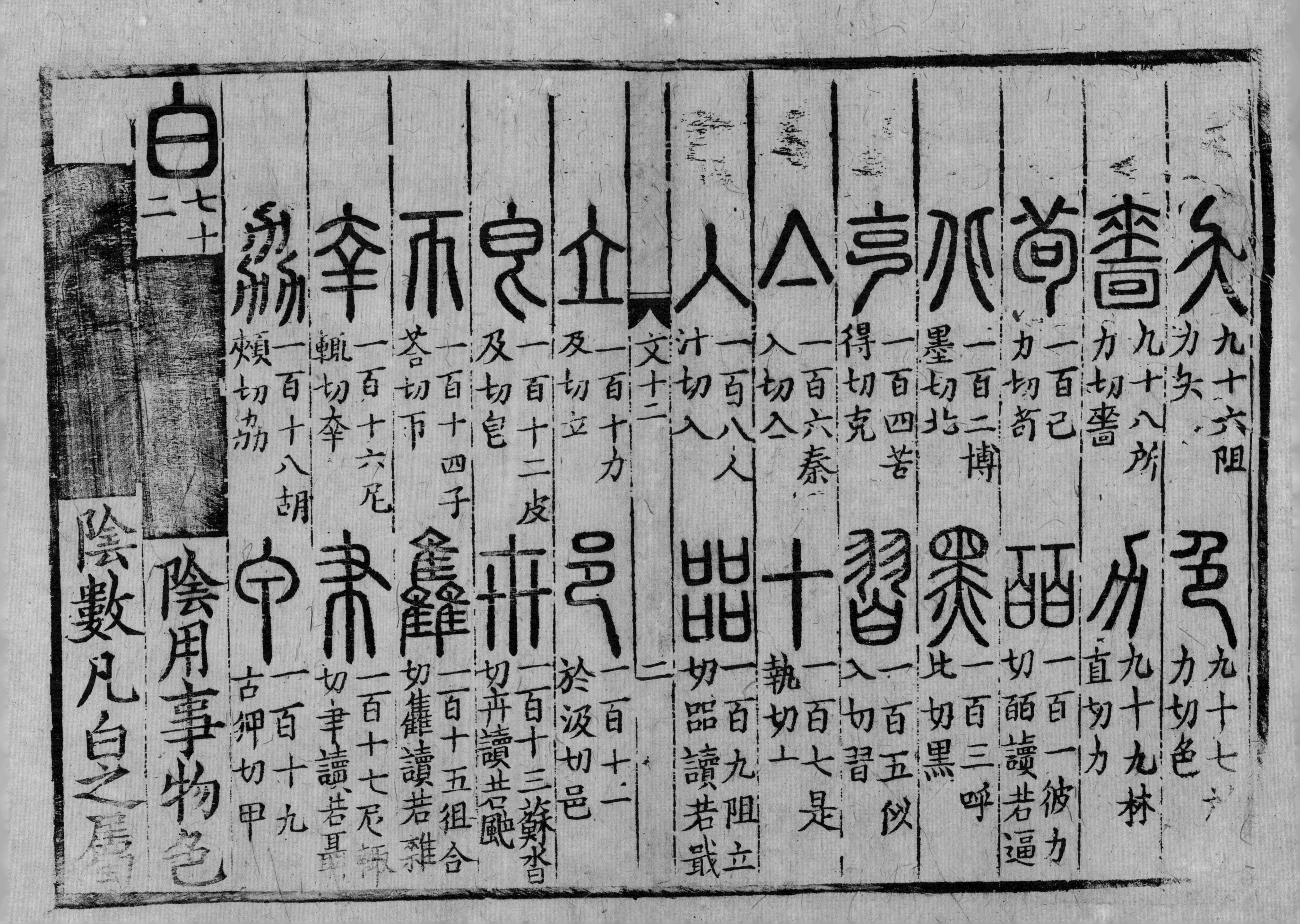

陰數凡白皀之屬
陰用事物色

白 二十

頻一百十八 符真切 瀕

㚔一百十六 尼輒切 㚔

古狎切一百十九 甲

一百十七 切 章

丙 各一百十四 下切

一百二十 切 譜言

宀 一百十三 武延切

一百二十三 切 譜言

立 一百十九 力入切

呂 一百二十一 力舉切

文六十一 入二

人 一百六十八 如鄰切 人

品 一百二十八 丕飲切

亼 一百六十六 秦入切

十 一百二十七 是執切

亯 一百四十四 許兩切

習 一百三十五 似入切

永 一百三十二 于憬切

黑 一百三十四 呼北切

苟 一百己力切

㐭 一百 力甚切

番 一百十八 附袁切

禾 一百 户戈切

夊 一百十六 楚危切

乙 一百 於筆切

皆从白 旁陌切
白 古文白
皚 霜雪之白也从白豈聲五來切 ○ 皤 老人白也从白番聲易曰賁如皤如 薄波切
皤 皤或从頁 皅 艸華之白也从白巴聲普巴切 ○ 皛 顯也从三白讀若皎烏皎切
皢 日之白也从白堯聲呼鳥切
皎 月之白也从白交聲詩曰月出皎兮古了切
皦 玉石之白也从白敫聲古了切 ○
皠 鳥之白也从白隺聲胡沃切
𡭴 際見之白也从白上下小見起戟切
皙 人色白也从白析聲先擊切

文十一 重二

帛 七十三 繒也从巾白聲凡帛之屬皆从帛 旁陌切
錦 襄邑織文从帛金聲居飲切

文二

乇 七十四 艸葉也从垂穗上貫一下有根象形凡乇之屬皆从乇 陟格切

[illegible]凡[illegible]之屬皆从[illegible]

[illegible]从韋[illegible]士[illegible]

文二 [illegible]

[illegible]从巾[illegible]切

[illegible]从帛[illegible]

[illegible]凡白之屬皆从白[illegible]

[illegible] 重二

[illegible]

[illegible]从白[illegible]

[illegible]月[illegible]从白[illegible]

[illegible]从白[illegible]

[illegible]从白[illegible]

[illegible]从白[illegible]切 古文

文一

七十五 持也象手有所丮據也凡丮之屬皆从丮讀若戟 几劇切

褱也从丮工聲居悚切 巩或加手

擊踝也从丮从戈讀若踝 胡瓦切 ○

種也从坴丮持而種之詩曰我埶黍稷徐鍇曰坴土也魚祭切

設飪也从丮从食才聲讀若載作代切 ○

食飪也从丮𦎫聲易曰孰飪殊六切

亦持也从反丮闕居玉切

相踦𢪃也从丮谷聲其虐切

文八 重一

七十六 芒穀秋種厚薶故謂之麥麥金也金王而生火王而死从來有穗者从夊凡麥之屬皆从麥 臣鉉等曰夊足也周受瑞麥來麰如行來故从夊 莫獲切

小麥屑皮也从麥夫聲 甫無切

麩或从甫

煑麥也从麥豐聲讀若馮 敷戎切

餅籟也从麥才聲 昨哉切 ○

歷 麥

麷 煑麥也从麥豐聲讀若馮

从夊

从來有穗者从夊凡麥之屬皆从麥

麥金也金王而生火王而死

麥 芒穀秋穜厚薶故謂之麥

文八 重一

亯

𣆪 厚也从反亯凡𣆪之屬皆从𣆪

文一

从麥差聲一曰擣也昨何切 麰 來麰麥也从麥牟聲莫浮切 䅎 麰或从艸
○ 䴹 小麥屑之覈从麥貟聲穌果切 ○ 麮 麥甘鬻也从麥去
聲丘據切 麪 麥末也从麥丏聲彌箭切 ○ 𪍣 餅䵃也从麥㱿聲讀
若庫空谷切 麧 堅麥也从麥气聲乎沒切 䵃 餅䵃也从麥穴聲戶八切
𪎭 麥覈屑也十斤爲三斗从麥啻聲直隻切

文十三 重二

冊 七十 七 符命也諸侯進受於
王也象其札一長一短中有二
編之形凡冊之屬皆从冊 楚革切

笧 古文冊从竹
扁 署也从戶冊戶冊者署門戶之文也方沔切 ○ 嗣 諸侯嗣國也从冊从口
司聲从徐鍇曰冊必於廟史讀其冊故从口祥吏切 孠 古文嗣从子

文三 重二

疒 七十八 倚也人有疾病象倚著

侖理也人有諸象合箸

文三　重一

讀其用夏从口从冊司聲 同聲侯嗣國也从冊从口 扁 署也从戶冊戶冊者署門戶之文也 ○ 扁

龠 古文冊 从竹

編之形凡冊之屬皆从冊

王也象其札一長一短中有二

冊 符命也諸侯進受於王也

文十三　重一

㗊 [illegible]

[illegible]

○ [illegible] ○ [illegible]

○ [illegible]

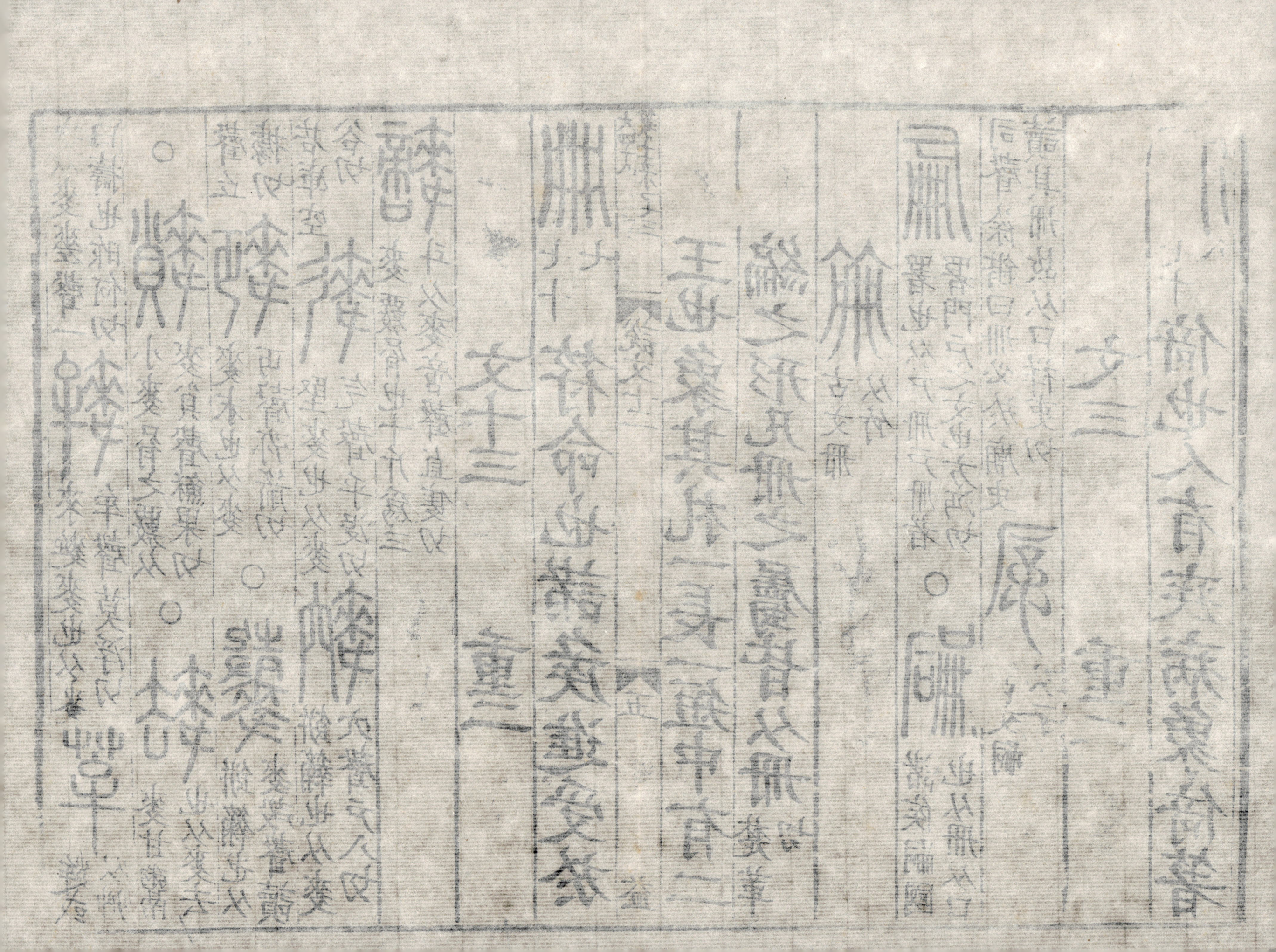

之形凡疒之屬皆从疒 女戹切
癃 罷病也从疒隆聲力中切 𤺐 籒文癃省 痋 動病也从疒蟲省聲
徒冬切 瘲 病也从疒從聲即容切 癰 腫也从疒雝聲於容切 ⿸疒衰
减也从疒衰聲一曰耗也楚追切 痿 痹也从疒委聲儒佳切 疵 病也从疒此聲
疾咨切 疲 勞也从疒皮聲符羈切 疷 病也从疒氏聲渠支切 痍
傷也从疒夷聲以脂切 癡 不慧也从疒疑聲丑之切 疽 癰也从疒且聲七余切
痀 曲脊也从疒句聲其俱切 痡 病也从疒甫聲詩曰我僕痡矣普胡切 瘏

病也从疒者聲詩曰我馬瘏矣同都切 ⿸疒斯 散聲从疒斯聲先稽切 痎 二日
一發瘧从疒亥聲古諧切 ⿸疒辛 寒病也从疒辛聲所臻切 瘽 病也从疒堇聲巨斤切
痕 胝瘢也从疒艮聲戶恩切 瘢 痍也从疒般聲薄官切 癇 病也
从疒閒聲戶閒切 ○ 瘨 病也从疒眞聲一曰腹張都秊切 㾫 半枯也从
疒扁聲匹連切 痟 酸痟頭痛从疒肖聲周禮曰春時有痟首疾相邀切 疴
病也从疒可聲五行傳曰時即有口痾烏何切 痤 小腫也从疒坐聲一曰族絫臣鉉等曰今別作瘯蠡
非是昨禾切 瘕 女病也从疒叚聲乎加切 痂 疥也从疒加聲古牙切

瘍 頭創也从疒昜聲與章切
痒 瘍也从疒羊聲似陽切
瘳 疾瘉也从疒翏聲敕鳩切
瘖 不能言也从疒音聲於今切
瘤 腫也从疒留聲力求切
痳 疝病从疒林聲力尋切
痁 有熱瘧从疒占聲春秋傳曰齊侯疥遂痁失廉切
𤵸 皮剝也从疒冄聲赤占切
𤵸 籀文从艮 ○
瘇 脛气足腫从疒童聲詩曰既微且瘇時重切
瘇 籀文从尢
癑 痛也从疒農聲奴動切
疻 毆傷也从疒只聲諸氏切
𤻮 創裂也一曰疾𤻮从疒巂聲以水切
⿸疒為 口咼也从疒為聲韋委切
痏 疻痏也从疒有聲榮美切
痞 痛也从疒否聲符鄙切

疕 頭瘍也从疒匕聲卑履切
𤵷 瘕也从疒朿聲側史切
痔 後病也从疒寺聲直里切
⿸疒付 俛病也从疒付聲方榘切
瘉 病瘳也从疒俞聲臣鉉等曰今別作愈非是以主切
瘣 病也从疒鬼聲詩曰譬彼瘣木一曰腫旁出也胡罪切
痱 風病也从疒非聲蒲罪切
癬 乾瘍也从疒鮮聲息淺切
⿸疒丩 腹中急也从疒丩聲古巧切
痑 馬病也从疒多聲詩曰痑痑駱馬丁可切
痙 彊急也从疒巠聲其頸切
癭 頸瘤也从疒嬰聲於郢切
疛 小腹痛从疒肘省聲陟柳切 ○
痛

病也从疒甬聲他貢切

痵 气不定也从疒季聲其季切

痹 溼病也从疒畀聲必至切

𤺊 足气不至也从疒畢聲毗至切

□ 滿也从疒㬎聲平祕切

瘀 積血也从疒於聲依倨切

□ 久病也从疒古聲古慕切

□ 癰也从疒麗聲一曰瘦黑讀若隸郎計切

瘛 小兒瘛瘲病也从疒恝聲臣鉉等曰說文無恝字疑从疒从心契省聲尺制切

癘 惡疾也从疒蠆省聲洛帶切

□ 劇聲也从疒殹聲於賣切

瘥 瘉也从疒差聲楚懈切又才他切

疥 搔也从疒介聲古拜切

瘵 病也从疒祭聲側介切

癈 固病也从疒發聲方肺切

疢 熱病也从疒从火臣鉉等曰今俗別作疹非是丑刃切

□ 病也从疒員聲王問切

疸 黃病也从疒旦聲丁榦切

癉 勞病也从疒單聲丁榦丁賀二切

疝 腹痛也从疒山聲所晏切

□ 治也从疒樂聲力照切

療 或从尞

癆 朝鮮謂藥毒曰癆从疒勞聲郎到切

□ 目病一曰惡气箸身也一曰蝕創从疒馬聲莫駕切

病 疾加也从疒丙聲皮命切

□ 顫也从疒又聲于救切

瘦 臞也从疒叟聲所又切

瘻 頸腫也从疒婁聲力豆切 ○

瘃 中寒腫覈从疒豖聲陟玉切

疾 病也从疒矢聲秦悉切

□ 古文疾

□ 籒文疾

□ 狂走也从疒术聲讀若欻食聿切

□ 芇气也从疒从芇从

[illegible] 涼 [illegible] 从水京聲 [illegible]

[illegible] 从水 [illegible] 切 [illegible]

[illegible] 切 [illegible] 从水 [illegible] 聲 [illegible]

[illegible] 切 [illegible]

[illegible] 从水 [illegible] 切 [illegible]

[illegible]

[illegible] 从水 [illegible] 聲 [illegible] 切 [illegible]

[illegible]

[illegible] 切 [illegible] 从水 [illegible]

[illegible] 切 [illegible]

[illegible] 从水 [illegible] 聲 [illegible] 切 [illegible]

[illegible]

月切

欮　瘚或省疒

⿸疒出　病也从疒出聲五忽切

瘌　楚人謂藥毒曰痛瘌从疒剌聲盧達切

痥　馬脛瘍也从疒兌聲一曰將傷徒活切

疦　[illegible]也从疒決省聲古穴切

瘧　熱寒休作从疒从虐虐亦聲魚約切

瘼　病也从疒莫聲慕各切

瘍　脉瘍也从疒易聲羊益切

疫　民皆疾也从疒役省聲營隻切

瘜　寄肉也从疒息聲相即切

𤸷　頭痛也从疒或聲讀若溝洫之洫吁逼切

㽷　病劣也从疒及聲呼合切

⿸疒盍　跛病也从疒盍聲讀若脅又讀若掩烏盍切

⿸疒夾　病息也从疒夾聲苦叶切

文一百二　重七

革　獸皮治去其毛革更之象古文革之形凡革之屬皆从革　七十九　古覈切

⿱古文革　古文革从三十三十年爲一世而道更也臼聲

⿰革巂　綏也从革巂聲山垂切

⿰革亏　鞥內環靼也从革于聲羽俱切

鞮　革履也从革是聲都兮切

鞵　革生鞮也从革奚聲戶佳切

⿰革冢　量物之⿰革冢

一曰抒井鞔古以革从革冤聲於袁切 ⿰革宛 鞔或从宛
鞬 所以戢弓矢从革建聲居言切
鞎 車革前曰鞎从革良聲戶恩切
鞌 馬鞁具也从革从安烏寒切
鞶 大帶也易曰或錫之鞶帶男子帶鞶婦人帶絲从革般聲薄官切
鞔 履空也从革免聲徐鍇曰履空猶言履殼也母官切
𩍐 車衡三束也曲轅鞼縛直轅𨏤縛从革爨聲讀若論語鑽燧之鑽借官切
鞼 𩍐或从革贊
○
⿰革蔿 馬鞁具也从革蔿聲則前切
鞭 驅也从革便聲卑連切
⿱仐攴 古文鞭
鞀 鞀遼也从革召聲徒刀切
鞉 鞀或从兆
鼗 鞀或从鼓从兆

⿱殸召 籒文鞀从殸召
⿰革它 馬尾鞁也从革它聲今之般緧徒何切
鞾 鞮屬从革華聲許⿰月䜌切
⿰革卬 ⿰革卬角鞮屬从革卬聲五岡切
靪 補履下也从革丁聲當經切
鞃 車軾也从革弘聲詩曰鞹鞃淺幭讀若穹丘弘切
鞣 耎也从革从柔柔亦聲耳由切
⿰革今 ⿰革疑也从革今聲巨今切
○
⿰革茸 ⿰革茸毳飾也从革茸聲而隴切
鞏 以韋束也易曰鞏用黃牛之革从革巩聲居竦切
⿰革徙 鞮屬从革徙聲所綺切
靷 引軸也从革引聲余忍切
⿰革⿱𠂤𢆶 籒文靷
⿰革官 車鞁具也从革官聲古滿切
韅 著掖鞥也从革顯聲呼典切
鞇

勒靼也从革面聲彌沇切

鞙 大車縛軛靼从革肙聲狂沇切

鞅 頸靼也从革央聲於兩切

䩞 驂具也从革蚩聲讀若騁蜃丑郢切

鞞 刀室也从革卑聲并頂切 ○

鞁 車駕具也从革皮聲平祕切

䩭 蓋杠絲也从革旨聲徐鍇曰絲其毄系也脂利切

鞼 韋繡也从革貴聲求位切

靳 當膺也从革斤聲居近切

韗 攻皮治鼓工也从革軍聲讀若運王問切

⿰韋軍 韗或从韋

靬 靬乾革也武威有麗靬縣从革干聲苦旰切

鞘 刀室也从革肖聲私妙切

靶 轡革也从革巴聲必駕切

䩟 車鞁具也从革豆聲田候切 ○

鞪 車軸束也从革敄聲莫卜切

韇 弓矢韇也从革賣聲徒谷切

鞠 蹋鞠也从革匊聲居六切

⿰革簐 鞠或从簐

鞄 柔革工也从革包聲讀若朴周禮曰柔皮之工鮑氏鞄即鮑也蒲角切

⿰革必 車束也从革必聲毗必切

靼 柔革也从革从旦聲旨熱切

⿰革亶 古文靼从亶

⿰革叕 車具也从革叕聲陟劣切

⿰革各 生革可以爲縷束也从革各聲盧各切

⿰革尃 車下索也从革尃聲補各切

鞹 去毛皮也論語曰虎豹之鞹从革郭聲苦郭切

韄 佩刀絲也从革蒦聲乙白切

⿰革見 繫牛脛也从革見聲己仟切

靮 馬羈也从革勺聲都歷切

⿰革亟 急也从革亟聲紀力切

鞹 去毛皮也 論語曰 虎豹之鞹 从革郭聲 苦郭切

鞄 柔革工也 从革包聲 讀若朴 周禮曰 柔皮之工鮑氏 鞄即鮑也 蒲角切

鞼 韋繡也 从革貴聲 求位切

切

勒 馬頭絡銜也从革力聲盧則切

⿰革奄 車具也从革奄聲烏合切

鞥 轡鞥从革弇聲讀若譍一曰龍頭繞者烏合切

靸 小兒履也从革及聲讀若沓穌合切

鞊 鞌飾从革占聲他叶切

鞈 防汗也从革合聲古洽切

⿰革夾 鞮鞻沙也从革从夾夾亦聲古洽切

文五十九　重十一

文四　新附

畫 八十 界也象田四界聿所以畫之凡畫之屬皆从畫 胡麥切

畫 古文畫省

畫 亦古文畫

晝 日之出入與夜為界从畫省从日 陟救切

晝 籀文晝

文二　重三

夕 八十一 莫也从月半見凡夕之屬皆从夕 祥易切

夢 不明也从夕瞢省聲 莫忠切又亡貢切

夤 敬惕也从夕寅聲易曰

[illegible]不明也从[illegible]聲 [illegible]

[illegible]从[illegible] [illegible]切

[illegible] 莫也从[illegible]聿 [illegible]

文三 重二

[illegible]从聿[illegible]日[illegible] 古文 [illegible] 亦古文畫 [illegible] 籀文

[illegible] 从聿从[illegible] [illegible]切 [illegible]

畫 界也象田四界聿所以畫之 [illegible]

文四 [illegible]

文五十七 重十一

[illegible]

[illegible]合切 [illegible] 古合切 [illegible]

[illegible]車具也 [illegible]

夕惕若夤 翼眞切

夤 籒文夤

姓 雨而夜除星見也从夕生聲臣鉉等曰今俗別作晴非是疾盈切

○夗 轉臥也从夕从卪臥有卪也於阮切

○外 遠也卜尚平旦今夕卜於事外矣五會切

外 古文外

夜 舍也天下休舍也从夕亦省聲羊謝切

○夙 早敬也从丮持事雖夕不休早敬者也臣鉉等曰今俗書作夙譌息逐切

㐫 古文夙从人㐫

𠊊 亦古文夙从人㐫宿从此

⿱莫夕 宗也从夕莫聲莫白切

文九 重四

文十二 十三 [illegible]

尺 八十二 十寸也人手卻十分動脈為寸口十寸為尺尺所以指尺規榘事也从尸从乙乙所識也周制寸尺咫尋常仞諸度量皆以人之體為法凡尺之屬皆从尺 昌石切

咫 中婦人手長八寸謂之咫周尺也从尺只聲 諸氏切

文二

赤 八十三 南方色也从大从火凡赤之屬皆从赤 昌石切 烾 古文从炎土

赨 赤色也从赤蟲省聲徒冬切 ○ 赮 赤色也从赤叚聲乎加切 䞓 赤色也从赤巠聲詩曰魴魚䞓尾敕貞切 赬 䞓或从貞 𧹞 或从丁 浾 棠棗之汁或从水 泟 浾或从正 ○ 赧 面慙赤也从赤反聲周失天下於赧王女版切 赭 赤土也从赤者聲之也切 ○ 䞕 赤色也从赤倝聲讀若浣胡玩切

○ 䞒 日出之赤从赤穀省聲火沃切 赫 火赤皃从二赤呼格切

赩 大赤也从赤色色亦聲許力切

文八 重五

文二 新附

炙 八十四 炮肉也从肉在火上凡炙之屬皆从炙 之石切 𤎒 籒文

䊩 宗廟火孰肉从炙番聲春秋傳曰天子有事䊩焉以饋同姓諸侯附袁切 ○

𤊶 宗廟火孰肉从炙番聲春秋傳曰天子有事𤊶焉以饋同姓諸侯 附袁切 ○

屬皆从炙 之石切 籒文

炙 炮肉也从肉在火上凡炙之

文二

文八 重五

赩 大赤也从赤色色亦聲 許力切

○ 𧹛 日出之赤从赤穀省聲 火沃切 赫 火赤皃从二赤 呼格切

赭 赤土也从赤者聲 之也切 ○ 䞘 赤色也从赤倝聲讀若浣 胡玩切

浾 棠棗之汁从赤从水 泟 浾或从正 ○ 赧 面慙赤也从赤𠬝聲周失天下於赧王 女版切

詩曰魴魚䞓尾 敕貞切 赬 䞓或从貞 𧹨 或从丁

赨 赤色也从赤蟲省聲 徒冬切 ○ 䞓 赤色也从赤巠聲

屬皆从赤 昌石切 烾 古文从炎土

赤 南方色也从大从火凡赤之

文二

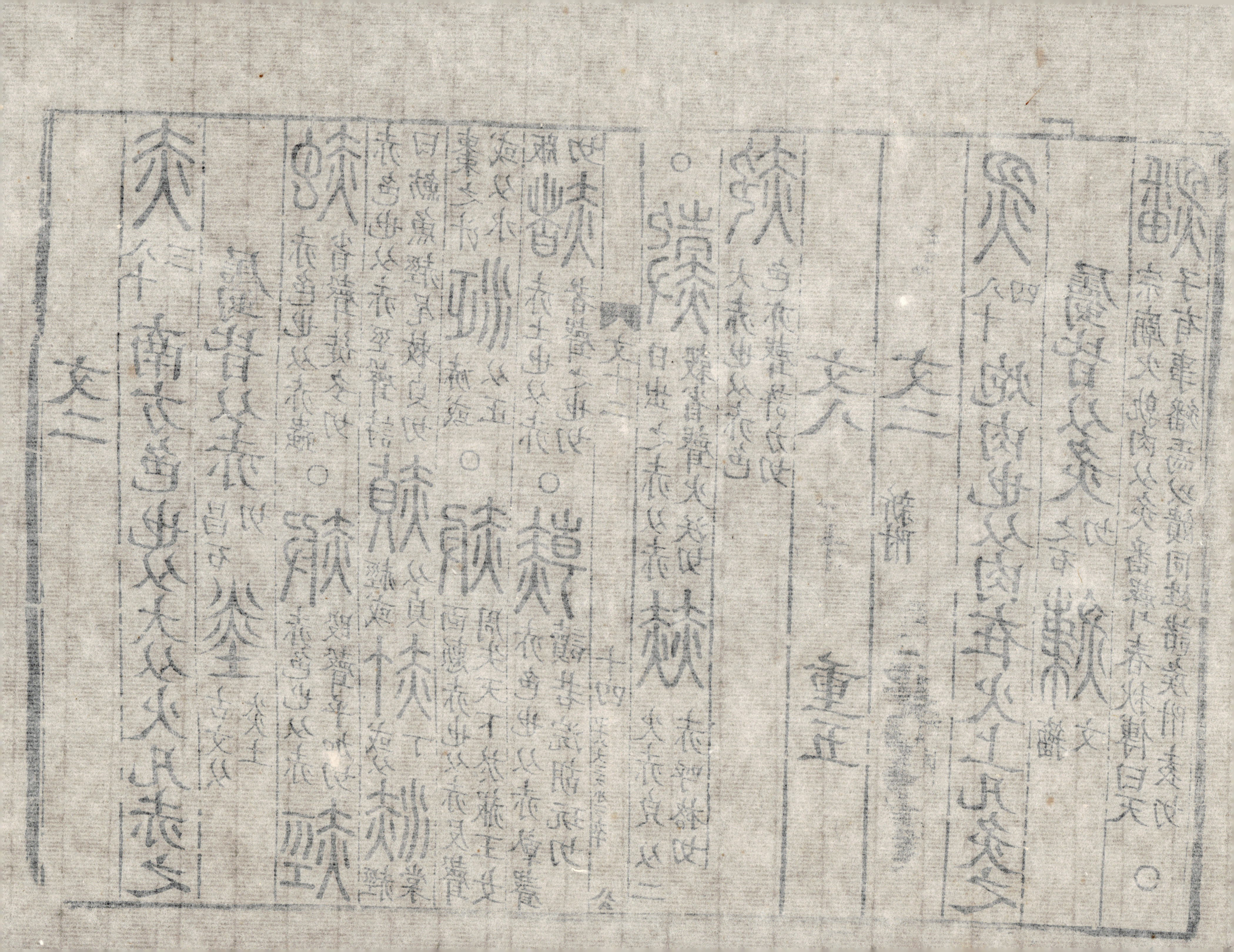

爒 炙也从炙尞聲讀若䝤燎力照切

文三　重一

石 八十五 山石也在厂之下口象形凡石之屬皆从石　常隻切

礱 䃯也从石龍聲天子之桷椓而礱之盧紅切

碑 豎石也从石卑聲府眉切

磯 大石激水也从石幾聲居衣切

砮 石可以爲矢鏃从石奴聲夏書曰梁州貢砮丹春秋國語曰肅愼氏貢楛矢石砮乃都切

〇

研 䃯也从石幵聲五堅切

磽 磬石也从石堯聲口交切

硪 石巖也从石我聲五何切

磻 以石著隿繁也从石番聲博禾切

碬 厲石也从石叚聲春秋傳曰鄭公孫碬字子石乎加切

硠 石聲从石良聲魯當切

硻 餘堅者从石堅省口莖切

砧 石柎也从石占聲知林切

磏 厲石也一曰赤色从石兼聲讀若鎌力鹽切

砭 以石刺病也从石乏聲悲廉切又陂驗切

碞 磛嵒也从石品周書曰畏于民碞讀與巖同臣鉉等曰从品與嵒同意五銜切

礹 石山也从石嚴聲五銜切

磛 礹石也从石斬聲鉏銜切

〇

䂬 水邊石从石巩聲春秋傳曰闕䂬之甲居悚切

礎 礩也从石楚聲創舉切

砅

摘日闕文東以石礫象以石切碚

本磴石从春石从石磕前聲从石切○碚

磛切又碞磛嵒也从石品周書曰畏于民碞讀與巖同五銜切

磏厲石也一曰赤色从石兼聲讀若鎌力鹽切䃂以石

磿石聲从石麻省聲郎擊切硈石堅也从石吉聲

礐石聲从石學省聲胡角切碞

磻以石箸隿繳也从石番聲博禾切

䂬石地惡也从石矛聲從石𥓓

貢苦矢石砮从國語曰肅愼氏貢楛矢石砮乃都切○研

礫小石也从石樂聲郎擊切砮石可以爲矢鏃从石奴聲夏書曰梁州貢砮丹

磬樂石也从石殸象縣虡之形殳擊之也古者毋句氏作磬苦定切

石之屬皆从石常隻切

石山石也在厂之下口象形

文三　重一

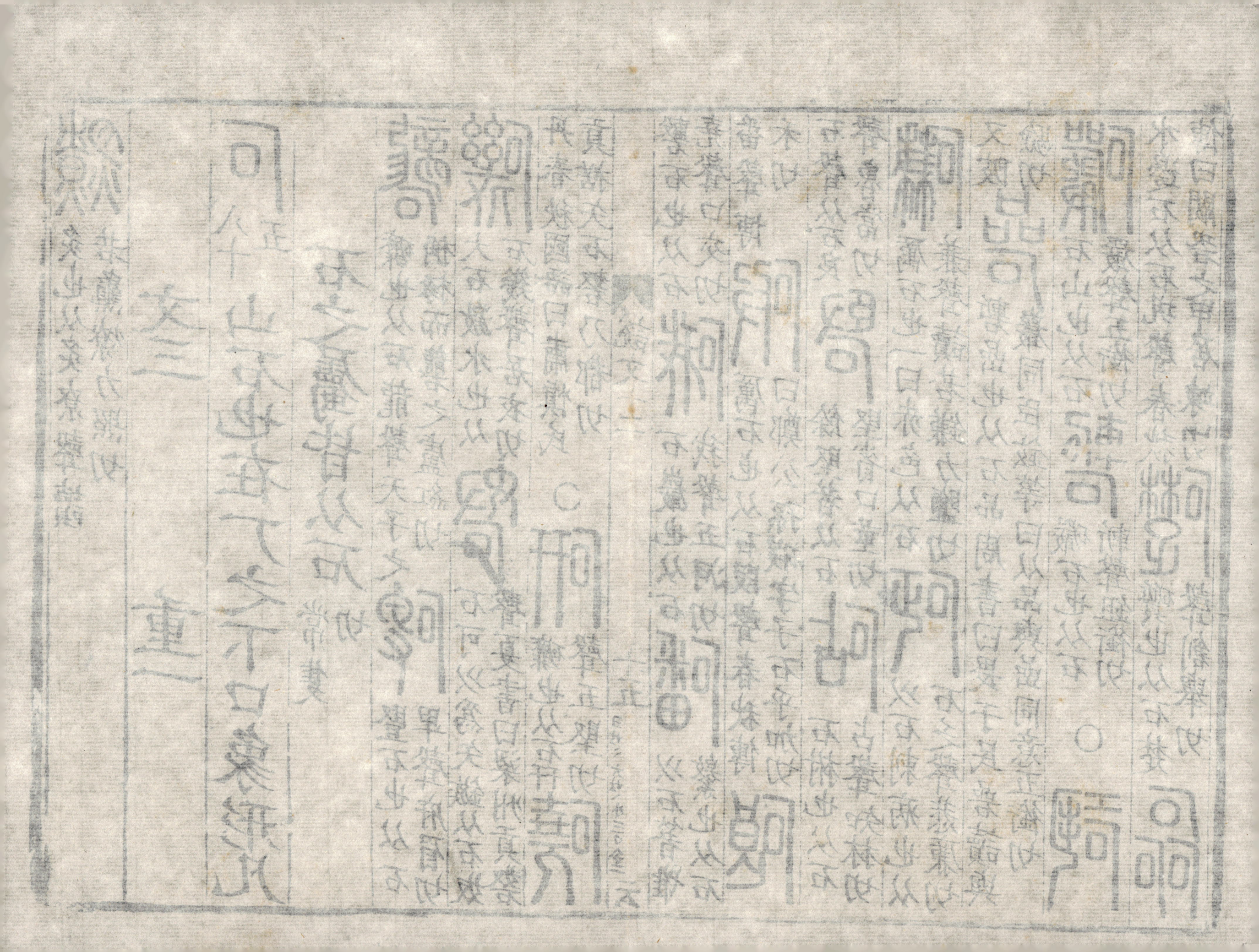

豩二豕也豳从此闕伯貧切

衆石也从三石落猥切 **磒** 落也从石員聲春秋傳曰磒石于宋五于敏切 **碝** 石次玉者从石耎聲而沇切 **砢** 磊砢也从石可聲來可切 **磺** 銅鐵樸石也从石黃聲讀若穬古猛切 **卝** 古文礦周礼有卝人 ○ **硾** 擣也从石垂聲直類切 **礜** 毒石也出漢中从石與聲羊茹切 **砌** 階甃也从石切聲千計切 **礪** 䃺也从石厲聲經典通用厲力制切 **䃍** 陊也从石㒸聲徒對切 **碓** 春也从石隹聲都隊切 **碎** 䃺也从石卒聲蘇對切 **磑** 䃺也从石豈聲古者公輸班作磑五對切 **礙** 止也从石疑聲五溉切 **硯** 石滑也从石見聲五甸切 **䃸** 从石

扞繒也从石延聲尺戰切 **破** 石碎也从石皮聲普過切 **䃺** 石磑也从石靡聲模臥切 **碭** 文石也从石昜聲徒浪切 **磬** 樂石也从石殸象縣虡之形殳擊之也古者毋句氏作磬苦定切 **殸** 籀文省 **硜** 古文从巠 ○ **碌** 石皃从石录聲盧谷切 **硞** 石聲从石告聲苦角切 **礐** 石聲从石學省聲胡角切 **确** 礊石也从石角聲臣鉉等曰今俗作確非是胡角切 **𣪊** 确或从㱿 **礩** 柱下石也从石質聲之日切 **硈** 石堅也从石吉聲一曰突也格八切 **硩** 上摘山巖空青珊瑚墮之从石折聲周禮曰有硩蔟氏丑列切 **碣** 特立之石

行皃从彳㞼聲一曰此與駁同穌合切

文三十七　重七

亦　八十七　人之臂亦也从大象兩亦之形凡亦之屬皆从亦　臣鉉等曰今別作腋非是羊益切

夾　盜竊褱物也从亦有所持俗謂蔽人俾夾是也弘農陝字从此失冉切

文二

易　八十八　蜥易蝘蜓守宮也象形祕書說曰日月爲易象陰陽也一曰从勿凡易之屬皆从易　羊益切

文一

辟　八十九　法也从卩从辛節制其辠也从口用法者也凡辟之屬皆从辟　必益切

[illegible]一曰

文三十七　重七

亦　人之臂亦也从大象兩亦之形凡亦之屬皆从亦　臣鉉等曰亦今别作腋非是　羊益切

夾　盜竊褱物也从亦有所持俗謂蔽人俾夾是也弘農陝字从此　失冉切

文二

[illegible]

文一

[illegible]

辥 治也从辟乂聲虞書曰有能俾乂魚廢切

○

𨐨 治也从辟从井周書曰我之不𨐨必益切

文三

糸 九十

細絲也象束絲之形凡糸之屬皆从糸讀若覛 徐鍇曰一蠶所吐爲忽十忽爲絲糸五忽也莫狄切

𢆯 古文糸

繱 帛青色从糸悤聲倉紅切

紅 帛赤白色从糸工聲戶公切

終 絿絲也从糸冬聲職戎切

𠔃 古文終

緃 絨屬从糸从從省聲足容切

縫 以鍼紩衣也从糸逢聲符容切

緟 增益也从糸重聲直容切

⿰糸璽 粗緒也从糸璽聲臣鉉等曰今俗別作絁非是式支切

縒 參縒也从糸差聲楚宜切

縭 以絲介履也从糸离聲力知切

縻 牛轡也从糸麻聲靡爲切

⿰糸多 縻或从多

緌 系冠纓也从糸委聲儒隹切

綏 車中把也从糸从妥 徐鍇曰禮升車必正立執綏所以安也當从爪从安省說文無妥字息遺切

絺 細葛也从糸希聲丑脂切

纍 綴得理也一曰大索也从糸畾聲力追切

彝 宗廟常器也从糸糸

纍　綴得理也一曰大索也从糸畾聲力追切
縭　以絲介履也从糸离聲力知切
綏　車中把也从糸从妥徐鍇曰禮升車必正立執綏所以安也當从爪从安省說文無妥字息遺切
彝　宗廟常器也从糸糸綦也廾持米器中寶也彑聲此與爵相似周禮六彝雞彝鳥彝黃彝虎彝蟲彝斝彝以待祼將之禮以脂切
𢑱　皆古文彝
文二百四十八　重三十一
素　白緻繒也从糸𠂹取其澤也凡素之屬皆从素桑故切
繛　𦃃也从素卓聲昌約切
緩　繛或省
文六　重二
絲　蠶所吐也从二糸凡絲之屬皆从絲息茲切
轡　馬轡也从絲从軎與連同意詩曰六轡如絲兵媚切
䜌　古文
文三
率　捕鳥畢也象絲罔上下其竿柄也凡率之屬皆从率所律切
文一
𨐌　治也从辟乂聲虞書曰有能俾𨐌魚廢切
𨐨　治也从辟从井周書曰我之不𨐨必益切

綦也廾持米器中寶也彑聲此與爵相似周禮六彝雞彝鳥彝黃彝虎彝蜼彝斝彝以待祼將之禮以脂切

彝 彝 皆古文彝

維 車蓋維也从糸隹聲以追切

緇 帛黑色也从糸甾聲側持切

緦 十五升布也一曰兩麻一絲布也从糸思聲息茲切

𢇁 古文緦从糸省

綥 帛蒼艾色从糸畀聲詩縞衣綥巾未嫁女所服一曰不借綥渠之切

綦 綥或从其

緋 帛赤色也从糸非聲甫微切

徽 衺幅也一曰三糾繩也从糸微省聲許歸切

綀 布屬从糸束聲所菹切

紓 緩也从糸予聲傷魚切

⿱奴糸 絜縕也一曰敝絮从糸奴聲易曰需有衣絮女余切

紆 詘也从糸于聲一曰縈也億俱切

絇 纑繩絇也从糸句聲讀若鳩其俱切

紨 布也一曰粗紬从糸付聲防無切

繻 繒采色从糸需聲讀若易繻有衣臣鉉等曰漢書傳符帛也相俞切

絑 純赤也虞書丹朱如此从糸朱聲章俱切

纑 布縷也从糸盧聲洛乎切

緀 白文皃詩曰緀兮斐兮成是貝錦从糸妻聲七稽切

⿰糸氐 絲滓也从糸氐聲都兮切

綈 厚繒也从糸弟聲杜兮切

⿰糸虒 繫⿰糸虒也一曰維也从糸虒聲郎兮切

繄 戟衣也从糸殹聲一曰赤黑色繒烏雞切

纗 維綱中繩从糸巂聲讀若畫或讀若維戶圭切

緺 綬紫青也从糸

[illegible] 綥 [illegible] 未嫁女所服 一曰不借綥 [illegible]

綦 [illegible]

[illegible]

[illegible] 讀若畫 [illegible] 維 [illegible] 戶圭切 [illegible]

咼聲古蛙切 **絠** 大絲也从糸皆聲口皆切 **縗** 服衣長六寸博四寸直心从糸

衰聲倉回切 **紳** 大帶也从糸申聲失人切 **緍** 釣魚繁也从糸昏聲吴人

解衣相被謂之緍武巾切 **紉** 繟繩也从糸刃聲女鄰切 **純** 絲也从糸屯聲

論語曰今也純儉常倫切 **紃** 圜采也从糸川聲詳遵切 **縜** 持綱紐也从糸

員聲周禮曰縜寸臣鉉等曰縜長寸也爲贇切 **紛** 馬尾韜也从糸分聲撫文切 **縕**

紼也从糸昷聲於云切 **纁** 淺絳也从糸熏聲許云切 **緐** 馬髦飾也从糸每聲

春秋傳曰可以爲旌緐乎附袁切 **𦅾** 緐或从㝵㝵籀文弁 **繙** 冕也从糸

番聲附袁切 **繜** 薉貉中女子無絝以帛爲脛空用絮補核名曰繜衣狀如襜褕从糸尊

聲子昆切 **絙** 緩也从糸亘聲胡官切 **紈** 素也从糸丸聲胡官切 **綸**

青絲綬也从糸侖聲古還切 ○ **編** 次簡也从糸扁聲布玄切 **緶** 交枲

也一曰緁衣也从糸便聲房連切 **繎** 絲勞也从糸然聲如延切 **纏** 繞也

从糸廛聲直連切 **絟** 細布也从糸全聲此緣切 **繑** 絝紐也从糸喬聲牽搖切

綃 生絲也从糸肖聲相幺切 **緢** 旄絲也从糸苗聲周書曰惟緢有稽武儦切

繅 繹繭爲絲也从糸巢聲穌遭切 **絛** 扁緒也从糸攸聲土刀切 **緞**

糸巢聲穌遭切 繹繭爲絲也从

生絲也从糸 相幺切

周書曰惟緢有稽 武儦切

直連切

細布也从糸全聲

論語曰今也純儉

大絲也从糸

說文十三上 十一

絛屬从糸皮聲讀若被或讀若水波之波博禾切

緗　帛淺黃色也从糸相聲息良切

纕　援臂也从糸襄聲汝羊切

繮　馬紲也从糸畺聲居良切

綱　維紘繩也从糸岡聲古郎切

㭃　古文綱

⿰糸㐬　絲曼延也从糸㐬聲呼光切

紘　冠卷也从糸厷聲戶萌切

紭　紘或从弘

⿰糸爭　紆未縈繩一曰急弦之聲从糸爭聲讀若旌側莖切

繃　束也从糸崩聲墨子曰禹葬會稽桐棺三寸葛以繃之補盲切

絣　氐人殊縷布也从糸并聲北萌切

⿰糸正　乘輿馬飾也从糸正聲諸盈切

纓　冠系也从糸嬰聲於盈切

縈　收韏也从糸熒省聲於營切

⿰糸盈　綴也从糸盈聲讀與聽同他丁切

⿰糸呈　⿰糸盈或从呈

綎　系綬也从糸廷聲他丁切

經　織也从糸巠聲九丁切

絧　急引也从糸同聲古熒切

繩　索也从糸蠅省聲食陵切

繒　帛也从糸曾聲疾陵切

⿰糸辛　籀文繒从宰省揚雄以為漢律祠宗廟丹書告

綾　東齊謂布帛之細曰綾从糸夌聲力膺切

縢　緘也从糸朕聲徒登切

緪　大索也一曰急也从糸恒聲古恒切

絿　急也从糸求聲詩曰不競不絿巨鳩切

紬　大絲繒也从糸由聲直由切

綢　繆也从糸周聲直由切

緧　馬紂也从糸酋聲七由切

紑　白鮮衣皃从糸不聲

繆也从糸周聲直由切 緧 馬紂也从糸酋聲七由切 [illegible]
不競不絿 从糸求聲詩曰 紬 大絲繒也从糸由聲直由切 繰 [illegible]
[illegible]也从糸[illegible]聲[illegible] 綯 [illegible] 从糸[illegible]聲 一曰[illegible] 紈 [illegible]
緅 帛青赤色从糸取聲[illegible] 綪 [illegible]
織文續[illegible] 从糸[illegible]聲 [illegible] 緱 刀劍緱也从糸侯聲 [illegible]
[illegible] 纑 布縷也从糸盧聲洛乎切 [illegible]
[illegible]也从糸[illegible]聲 [illegible] 纏 [illegible]
[illegible] 縕 [illegible]

說文五下 十二

[illegible] 繩 索也从糸蠅省聲 食陵切 [illegible]
[illegible]从糸[illegible]聲 紆 詘也从糸于聲一曰縈也億俱切 [illegible]
[illegible] 綸 青絲綬也从糸侖聲古還切 [illegible]
讀若[illegible] 縣 [illegible] 从系 [illegible]
[illegible] 絇 [illegible] 从糸句聲 [illegible]
[illegible] 絲 蠶所吐也 从二糸 息茲切 [illegible]
繐 [illegible] 从糸惠聲 [illegible] 紘 [illegible]
[illegible] 緺 [illegible] 从糸咼聲 古蛙切 [illegible]

詩曰素衣其紑匹丘切

緅 帛青赤色也从糸取聲子侯切

緰 緰貲布也从糸俞聲度侯切

繆 枲之十絜也一曰綢繆从糸翏聲武彪切

綅 絳綫也从糸侵省聲詩曰貝冑朱綅子林切

綝 止也从糸林聲讀若郴丑林切

紟 衣系也从糸今聲居音切

⿰糸金 籀文从金

纖 細也从糸韱聲息廉切

緂 白鮮衣皃从糸炎聲謂衣采色鮮也充三切

縑 并絲繒也从糸兼聲古甛切

緘 束篋也从糸咸聲古咸切

纔 帛雀頭色一曰微黑色如紺纔淺也讀若讒从糸毚聲士咸切

縿 旌旗之游也从糸參聲所銜切

〇

䋽 枲履也从糸封聲博蠓切

緫 聚束也从糸悤聲臣鉉等曰今俗作揔非是作孔切

紙 絮一苫也从糸氏聲諸氏切

纚 冠織也从糸麗聲所綺切

紫 帛青赤色从糸此聲將此切

綺 文繒也从糸奇聲袪彼切

紕 氐人𦆝也讀若禹貢玭珠从糸比聲卑履切

紀 絲別也从糸己聲居擬切

緒 絲耑也从糸者聲徐呂切

紵 檾屬細者爲絟粗者爲紵从糸宁聲直呂切

⿰糸⿱米宁 紵或从緒省

䋊 治敝絮也从糸咅聲芳武切

⿰糸須 絆前兩足也从糸須聲漢令蠻夷卒有顉相主切

縷 綫也从糸婁聲力主切

組 綬屬其小

[illegible]

[illegible]从糸[illegible]聲[illegible]切

[illegible]

[illegible]絲別也从糸己聲居擬切[illegible]

[illegible]

[illegible]

[illegible]

〇 [illegible]从糸圭聲[illegible]

[illegible]讀若[illegible]一曰[illegible]

[illegible]

[illegible]

[illegible]

[illegible]林聲讀若郴丑林切

紟　衣系也从糸今聲居音切　[illegible]籀文从金

[illegible]

[illegible]

[illegible]

者以爲冕纓从糸且聲則古切

䋛 繡文如聚細米也从糸从米米亦聲莫礼切

緹 帛丹黃色从糸是聲他礼切 衹 緹或从氏

綮 緻繒也一曰微幟信也有齒从糸启聲康礼切

絠 彈彄也从糸有聲弋宰切又古亥切

紿 絲勞即紿从糸台聲徒亥切

紾 轉也从糸㐱聲之忍切

紖 牛系也从糸引聲讀若矤直引切

綣 繾綣也从糸卷聲去阮切

緄 織帶也从糸昆聲古本切

繖 蓋也从糸散聲穌旱切

纂 似組而赤从糸算聲作管切

纘 繼也从糸贊聲作管切

綰 惡也絳也从糸官聲一曰綃也讀若雞卵烏版切

辮 交也从糸辡聲頻犬切

繭 蠶衣也从糸从虫𦍌省古典切 絸 古文繭从糸見

繯 落也从糸瞏聲胡畎切

䌪 偏緩也从糸羨聲昌善切

繟 帶緩也从糸單聲昌善切

緛 衣戚也从糸耎聲而沇切

䋶 織絲也从糸𦣝聲頤沇切

縳 白鮮色也从糸專聲持沇切

繾 繾綣不相離也从糸遣聲去演切

繚 纏也从糸尞聲盧鳥切

繰 帛如紺色或曰深繒从糸喿聲讀若喿親小切

紹 繼也从糸召聲一曰紹緊糾也市沼切 綤 古文紹从邵

繞 纏也从糸堯聲而沼切

絩 綺絲之數也漢律曰綺絲數謂之絩布謂之總

綬組謂之首从糸兆聲治小切

縹 帛青白色也从糸票聲敷沼切

縞 鮮色也从糸高聲古老切

緥 小兒衣也从糸保聲臣鉉等曰今俗作褓非是博抱切

紻 纓卷也从糸央聲於兩切

繦 觕纇也从糸强聲居兩切

紡 網絲也从糸方聲妃兩切

綆 汲井綆也从糸更聲古杏切

緈 直也从糸幸聲讀若陘胡頂切

綬 韍維也从糸受聲殖酉切

紂 馬緧也从糸肘省聲除柳切

綹 緯十縷爲綹从糸咎聲讀若柳力久切

紐 系也一曰結而可解从糸丑聲女久切

紞 冕冠塞耳者从糸冘聲臣鉉等曰今俗別作髧非是都感切

緂 帛騅色也从糸剡聲詩曰毳衣如緂臣鉉等曰今俗別作毯非是土敢切

綜 機縷也从糸宗聲子宋切

統 紀也从糸充聲他綜切

縱 緩也一曰舍也从糸從聲足用切

絳 大赤也从糸夅聲古巷切

縋 以繩有所縣也春秋傳曰夜縋納師从糸追聲持僞切

縊 經也从糸益聲春秋傳曰夷姜縊於賜切

絘 績所緝也从糸次聲七四切

緻 密也从糸致聲直利切

絥 車絥也从糸伏聲平祕切

茯 絥或从艸

鞴 絥或从革葡聲

緭 繒也从糸胃聲云貴切

緯 織横絲也从糸韋聲云貴切

絮 敝緜也从糸如聲息據切

絝 脛衣也从糸夸聲苦故切

細 微也从糸囟聲穌計切
締 結不解也从糸帝聲特計切
綟 帛戾艸染色从糸戾聲郎計切
繫 繫繶也一曰惡絮从糸毄聲古詣切
繼 續也从糸㡭一曰反㡭爲繼古詣切
繐 細疏布也从糸惠聲私銳切
䌨 蜀細布也从糸彗聲祥歲切
罽 西胡毳布也从糸罽聲居例切
繪 會五采繡也虞書曰山龍華蟲作繪論語曰繪事後素从糸會聲黃外切
絓 繭滓絓頭也一曰以囊絮練也从糸圭聲胡卦切
𦄈 散絲也从糸𠂢聲匹卦切
纇 絲節也从糸頪聲盧對切
繀 著絲於莩車也从糸崔聲穌對切
繢 織餘也从糸貴聲胡對切

縡 事也从糸宰聲子代切
縉 帛赤色也春秋傳縉雲氏禮有縉緣从糸晉聲即刃切
紊 亂也从糸文聲商書曰有條而不紊亡運切
緷 緯也从糸軍聲王問切
絭 攘臂繩也从糸𢍏聲居願切
絆 馬縶也从糸半聲博幔切
縵 繒無文也从糸曼聲漢律曰賜衣者縵表白裏莫半切
綻 補縫也从糸旦聲丈莧切
綪 赤繒也从茜染故謂之綪从糸青聲倉絢切
練 湅繒也从糸柬聲郎甸切
絢 詩云素以爲絢兮从糸旬聲臣鉉等案論語注絢文貌許掾切
綫 縷也从糸戔聲私箭切
線 古文綫
糸

[illegible]詩[illegible]

紩 [illegible]从糸失聲[illegible]

[illegible]古文[illegible]

[illegible]

練 湅繒也从糸柬聲[illegible]

縵 繒無文也从糸曼聲漢律曰賜衣者縵表白裏莫半切

[illegible]从糸[illegible]

[illegible]

[illegible]从糸[illegible]聲[illegible]

[illegible]春秋傳曰[illegible]

[illegible]

[illegible]

絢 [illegible]論語[illegible]文[illegible]

繪 [illegible]虞書曰山龍華蟲作繪論語曰繪事後素[illegible]

[illegible]

[illegible]从糸[illegible]

[illegible]微也从糸[illegible]

帛赤黃色一染謂之縓再染謂之䞓三染謂之纁从糸原聲七絹切

縼 以長繩繫牛也从糸旋聲辭戀切

繕 補也从糸善聲時戰切

緣 衣純也从糸彖聲以絹切

絹 繒如麥䅌从糸肙聲吉掾切

𦄼 不均也从糸羸聲力臥切

緉 履兩枚也一曰絞也从糸从兩兩亦聲力讓切

纊 絮也从糸廣聲春秋傳曰皆如挾纊苦謗切

絖 纊或从光

繡 五采備也从糸肅聲息救切

縐 絺之細也詩曰蒙彼縐絺一曰蹴也从糸芻聲側救切

紝 機縷也从糸壬聲如甚切

絍 紝或从任

紺 帛深青揚赤色从糸甘聲古暗切

○縠 細縛也从糸𣪊聲胡谷切

纀 裳削幅謂之纀从糸僕聲博木切

縮 亂也从糸宿聲一曰蹴也所六切

𦃃 帛青經縹緯一曰育陽染也从糸育聲余六切

縟 繁采色也从糸辱聲而蜀切

續 連也从糸賣聲似足切

賡 古文續从庚貝 臣鉉等曰今俗作古行切

綠 帛青黃色也从糸录聲力玉切

䋷 約也从糸具聲居玉切

縪 止也从糸畢聲卑吉切

紩 縫也从糸失聲直質切

絀 絳也从糸出聲丑律切

繘 綆也从糸矞聲余聿切

𦄎 古文从絲

䌇 籀文繘

紼 亂系也从糸弗聲分勿切

絾 采彰也一曰車馬飾从糸戉聲王

籀文 絀 [illegible]从糸出聲 絉 [illegible]一曰車[illegible]

律切 从糸矞聲 繘 [illegible]从糸[illegible]聲 [illegible]古文

縪 止也从糸畢聲 卑吉切 [illegible]从糸[illegible]

[illegible]吉切 綌 [illegible]从糸[illegible]聲 [illegible]

續 連也从糸賣聲 似足切 賡 古文續从庚貝 臣鉉等曰[illegible]

[illegible] 从糸[illegible]聲 [illegible]切

[illegible] 从糸[illegible]聲 [illegible]

文十一

紺 帛深青揚赤色 从糸甘聲 古暗切 ○ [illegible]

紅 帛赤白色 从糸工聲 戶公切 [illegible]

[illegible] 从糸[illegible]聲 [illegible]

[illegible] 从糸[illegible] 从糸[illegible]聲 [illegible]

[illegible] 从三糸 [illegible] 从糸[illegible]聲 [illegible]

代切 紇 絲下也从糸气聲春秋傳有臧孫紇下沒切 縎 結也从糸骨聲

古忽切 絰 喪首戴也从糸至聲臣鉉等曰當从姪省乃得聲徒結切 結

締也从糸吉聲古屑切 絜 麻一耑也从糸㓞聲古屑切 䋎 縷一枚也从糸

穴聲乎決切 紲 系也从糸世聲春秋傳曰臣負羈紲私列切 緤 紲或

从枼 絬 論語曰絬衣長短右袂从糸舌聲私列切 絕 斷絲也从糸从刀从卩

刀卩情雪切 𢇍 古文絕象不連體絕二絲 □ 扁緒也一曰弩署鉤帶从糸

折聲并列切 纅 絲色也从糸樂聲以灼切 縛 束也从糸專聲符钁切

說文十二　二十九　公

繳 生絲縷也从糸敫聲之若切 約 纏束也从糸勺聲於略切 絡

絮也一曰麻未漚也从糸各聲盧各切 □ 頸連也从糸暴省聲補各切 □ 屨也

一曰青絲頭屨也讀若阡陌之陌从糸戶聲亡百切 綌 粗葛也从糸谷聲綺戟切 㠷 綌或从巾

縌 綬維也从糸逆聲宜戟切 繴 繴謂之罿

罿謂之罬罬謂之罦捕鳥覆車也从糸辟聲博戹切 繹 抽絲也从糸睪聲羊益切

緆 細麻也从糸易聲先擊切 𦇧 緆或从麻 績 緝也从糸責聲則歷

切 織 作布帛之總名也从糸戠聲之弋切 □ 樂浪挈令織从糸从式臣鉉

切　从糸[illegible]聲[illegible]　从糸[illegible]

[illegible]　从糸次聲[illegible]切　[illegible]　从糸[illegible]

[illegible]也　从糸[illegible]聲[illegible]切　[illegible]

从糸[illegible]　一曰[illegible]　从糸[illegible]聲[illegible]切

[illegible]　从糸[illegible]聲[illegible]切　[illegible]

从糸[illegible]　一曰[illegible]　[illegible]　从糸[illegible]聲[illegible]切

[illegible]　从糸[illegible]聲[illegible]切　[illegible]

[illegible]

[illegible]　从糸[illegible]聲[illegible]切

[illegible]　从糸[illegible]聲[illegible]切

[illegible]　从糸[illegible]聲[illegible]切

[illegible]　从糸[illegible]聲[illegible]切

[illegible]　从糸[illegible]聲[illegible]切

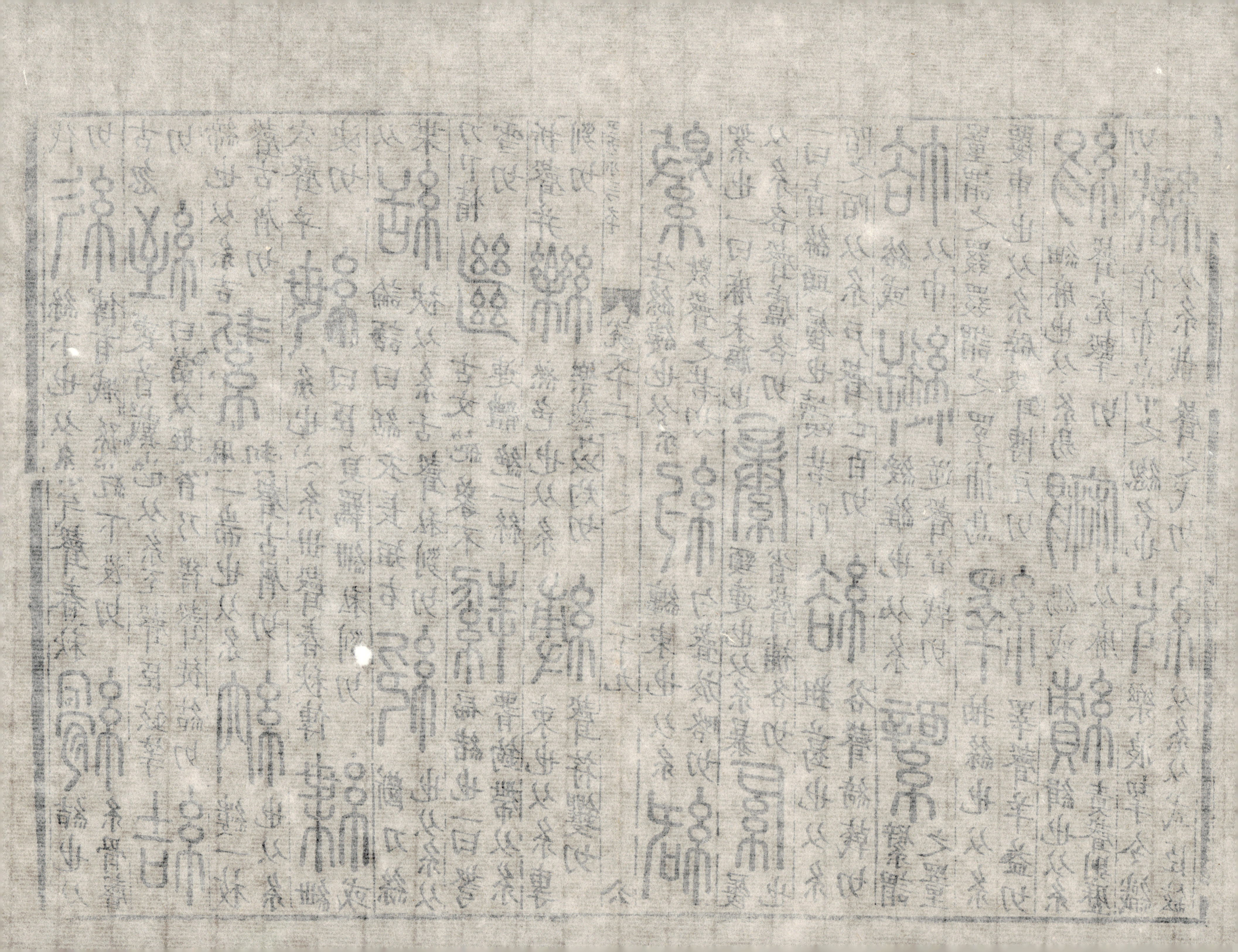

等曰聿令蓋律今之書也七入切

纆　索也从糸黑聲莫北切

緝　績也从糸咠聲七入切

⿰糸集　合也从糸从集讀若捷姊入切

給　相足也从糸合聲居立切

級　絲次弟也从糸及聲居立切

納　絲溼納納也从糸內聲奴荅切

緁　緶衣也从糸捷聲七接切

⿰糸習　緁或从習

綊　紅綊也从糸夾聲胡頰切

文二百四十八　重三十一

文九　新附

冖　九十一　覆也从一下垂也凡冖之屬皆从冖　臣鉉等曰今俗作冪同莫狄切

冠　絭也所以絭髮弁冕之總名也从冖从元元亦聲冠有法制从寸　徐鍇曰取其在首故从元　古丸切

○冣　積也从冖从取取亦聲才句切

⿱冖託　奠爵酒也从冖託聲周書曰王三宿三祭三詫當故切

文四

秝　九十二　稀疏適也从二禾凡秝之屬皆从秝讀若歷郎擊切

[illegible]

文四

[illegible]

文二　新附

文三百四十八　重三十

[illegible] 細絲也象束絲之形凡糸之屬皆从糸讀若覛 莫狄切

[illegible] 古文糸

[illegible] 蠶衣也从糸从虫黹省 古典切

[illegible] 古文繭从糸見

[illegible] 繹繭爲絲也从糸巢聲 穌遭切

[illegible] 抽絲也从糸睪聲 羊益切

[illegible] 絲耑也从糸者聲 徐呂切

[illegible] 微絲也从糸面聲 [illegible]

兼 并也从又持秝兼持二禾秉持一禾古恬切

文二

鬲 鼎屬實五觳斗二升曰觳象腹交文三足凡鬲之屬皆从鬲 郎激切 九十三

𩰲 鬲或从瓦

𤮍 漢令鬲从瓦厤聲

鬷 釜屬从鬲㚇聲子紅切

融 炊气上出也从鬲蟲省聲以戎切

䖝 籀文融不省

鬹 三足釜也有柄喙讀若嬀从鬲規聲居隨切

○

𩱜 炊气皃从鬲嚻聲許嬌切

𩰫 秦名土釜曰𩰫从鬲牛聲讀若過古禾切

鬺 煑也从鬲羊聲式羊切

鬵 大釜也曰鼎大上小下若甑曰鬵从鬲兓聲讀若岑才林切

𩰲 籀文鬵

○

䰙 三足鍑也一曰滫米器也从鬲支聲魚綺切

鬴 鍑屬从鬲甫聲扶雨切

釜 鬴或从金父聲

○

𩱧 涫也从鬲沸聲芳未切

鬳 鬲屬从鬲虍聲牛建切

䰝 鬵屬从鬲曾聲子孕切

鬲 鬵 大釜也一曰鼎大上小下若甑曰鬵

鬴 鍑屬 从鬲甫聲 釜 鬴或从金父聲

鬷 鬳

䰜 歷也古文亦鬲字象孰飪五味气上出也

文三

文二

文十三　重五

䰜 九十四 歷也古文亦鬲字象孰飪五味气上出也凡䰜之屬皆从䰜 郎激切

鬻 鍵也从䰜米聲武悲切臣鉉等曰今俗粥作粥音之六切

⿲弓⿱古鬲弓 鍵也从䰜古聲 戶吳切

○ ⿲弓⿱侃鬲弓 䰜也从䰜侃聲諸延切

餰 䰜或从食衍聲

飦 或从干聲

⿰食建 或从建聲

⿲弓⿱羔鬲弓 五味盉羹也从䰜从羔詩曰亦有和䰜古行切

⿱羔鬲 䰜或省

⿲弓⿱美鬲弓 或从美䰜省

羹 小篆从羔从美

○ ⿲弓⿱者鬲弓 孚也从䰜者聲章與切

煑 䰜或从火

⿲弓⿱者鬲弓 䰜或从水在其中

⿲弓⿱芻鬲弓 熬也从䰜芻聲臣鉉等曰今俗作煼別作炒非是尺沼切

○ ⿲弓⿱耳鬲弓 粉餅也从䰜耳聲仍吏切

餌 䰜或从食耳聲

○ ⿲弓⿱速鬲弓 鼎實惟葦及蒲陳留謂鍵為䰜从䰜速聲桑谷切

餗 䰜或从食束聲

⿲弓⿱毓鬲弓 䰜也从䰜毓聲余六切

⿱毓鬲 䰜或省从米

⿲弓⿱孛鬲弓 吹釜溢也从䰜孛聲蒲沒切

⿲弓⿱蔑鬲弓 涼州謂䰜為䰜从䰜蔑聲莫結切

⿰米蔑 䰜或省从

[illegible]

从[illegible]切　从[illegible]

[illegible]从[illegible]聲[illegible]切　[illegible]从[illegible]

[illegible]

[illegible]切　[illegible]

[illegible]从[illegible]

[illegible]

[illegible]从[illegible]切

[illegible]

[illegible]从[illegible]

音从[illegible]切[illegible]

[illegible]上出也凡[illegible]之屬皆从[illegible]

[illegible]也古文亦[illegible]字象[illegible]

文十三　重[illegible]

𩱺 内肉及菜湯中薄出之从䰜翟聲以勺切

文十三　重十二

食 九十五 一米也从皀亼聲或說亼皀也凡食之屬皆从食乘力切

饛 盛器滿皃从食蒙聲詩曰有饛簋飧莫紅切

饔 孰食也从食雝聲於容切

餈 稻餅也从食次聲疾資切

粢 餈或从米

𩟄 餈或从齊

飢 餓也从食几聲居夷切

飴 米糵煎也从食台聲與之切

𩞄 籀文飴从異省

饑 穀不孰為饑从食幾聲居衣切

餘 饒也从食余聲以諸切

餔 日加申時食也从食甫聲博狐切

𩞄 籀文餔从血浦聲

餬 寄食也从食胡聲戶吳切

⿰食𠦬 滫飯也从食𠦬聲鉉等曰𠦬音忽非聲疑奔字之誤府文切

饙 ⿰食𠦬或从賁

餴 ⿰食𠦬或从奔

飧 餔也从夕食思魂切

餐 吞也从食𣦼聲七安切

湌 餐或从水

○

饘 糜也从食亶聲周謂之饘宋謂之餬諸延切

⿰食肙 猒也从食肙聲烏玄切

饒 飽也从食

[illegible]

[illegible]

饛 盛器滿皃从食蒙聲詩曰有饛簋飧莫紅切

乘力切

亼皀也凡食之屬皆从食

食 五九十 一米也从皀亼聲或說

文十三 重十二

[illegible]

二十一

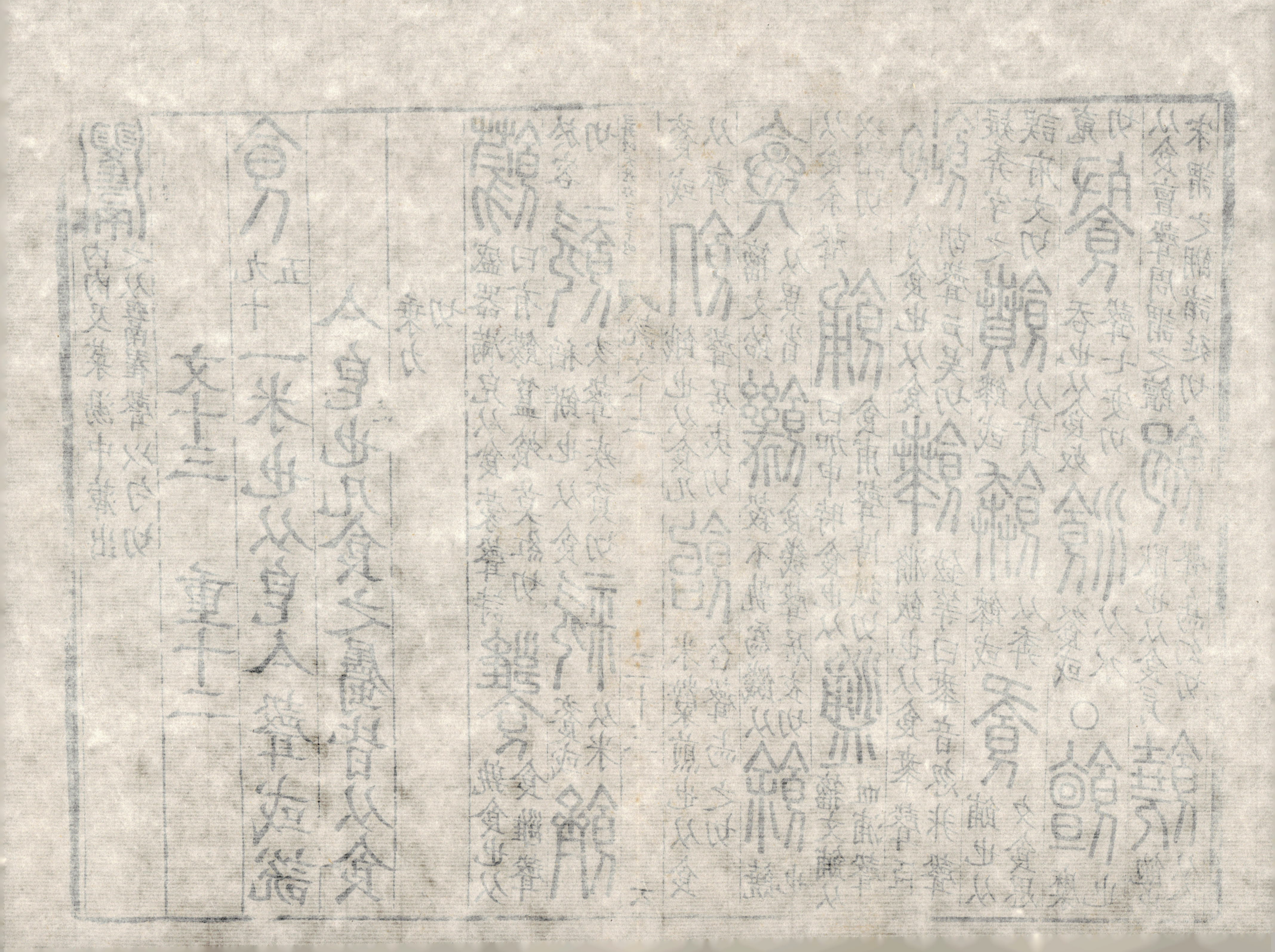

堯聲如昭切

餻 餌屬从食羔聲古牢切

饕 貪也从食號聲土刀切

叨 饕或从口刀聲

𩟧 籀文饕从號省

餳 飴和饊者也从食易聲徐盈切

餱 乾食也从食侯聲周書曰峙乃餱粻乎溝切

⿰食兼 饑也从食兼聲讀若風溓溓一曰廉潔也力鹽切

⿰食占 相謁食麥也从食占聲奴兼切 ○

餥 餱也从食非聲陳楚之間相謁食麥飯曰餥非尾切

餒 飢也从食委聲一曰魚敗曰餒奴罪切

饊 熬稻粻程也从食散聲蘇旱切

飽 猒也从食包聲博巧切

⿰食孚 古文飽从孚

⿰食卯 亦古文飽从卯聲

養 供養也从食羊聲余兩切

⿰羊攴 古文養

饗 鄉人飲酒也从食从鄉鄉亦聲許兩切

⿰食象 晝食也从食象聲書兩切

⿰食傷省 饟或从傷省聲

餅 麪餈也从食并聲必郢切

⿰食丑 雜飯也从食丑聲女久切

飪 大熟也从食壬聲如甚切

⿰月壬 古文飪

⿰亻恁 亦古文飪 ○

饐 飯傷溼也从食壹聲乙冀切

餽 吳人謂祭曰餽从食从鬼鬼亦聲俱位切又音饋

饋 餉也从食貴聲求位切

饎 酒食也从食喜聲詩曰可以饙饎昌志切

⿰食巸 饎或从巸

糦 饎或从米

飤 糧也从人食祥吏切

⿰食芺 燕食也从食芺聲詩曰飫

[illegible]

餥 餱也。从食非聲。陳楚之閒相謁而食麥飯曰餥。非尾切

[illegible]

養 供養也。从食羊聲。余兩切

羧 古文養

[illegible]

飪 大孰也。从食壬聲。如甚切

𦝫 古文飪

恁 亦古文飪

○

[illegible]

饎 酒食也。从食喜聲。《詩》曰：「可以饙饎。」

䭩 饎或从配

糦 饎或从米

[illegible]

酒之餘。依據切

⿰食兌 小餟也从食兌聲輸芮切

餲 飯餲也从食曷聲論語曰食饐而餲乙例切又烏介切

餟 祭酹也从食叕聲陟衞切

餀 食臭也从食艾聲爾雅曰餀謂之喙呼艾切

饖 飯傷熱也从食歲聲於廢切

餕 食之餘也从食夋聲子陵切

饉 蔬不孰爲饉从食堇聲渠吝切

餫 野饋曰餫从食軍聲王問切

飯 食也从食反聲符萬切

⿰食悥 秦人謂相謁而食麥曰⿰食悥⿰食豈从食悥聲烏困切

⿰食豈 ⿰食悥⿰食豈也从食豈聲五困切

館 客舍也从食官聲周禮五十里有市市有館館有積以待朝聘之客古玩切

饡 以羹澆飯也从食贊聲則幹切

餞 送去也从食戔聲詩曰顯父餞之才線切

籑 具食也从食算聲士戀切

饌 籑或从巽

餓 飢也从食我聲五箇切

餉 饟也从食向聲式亮切

饟 周人謂餉曰饟从食襄聲人漾切

⿰食夌 馬食穀多气流四下也从食夌聲里甑切

餾 飯气蒸也从食畱聲力救切

○

飶 食之香也从食必聲詩曰有飶其香毗必切

⿰食末 食長穀也从食末聲莫撥切

飻 貪也从食㐱省聲春秋傳曰謂之饕飻他結切

飵 楚人相謁食麥曰飵从食乍聲在各切

⿰食戹 飢也从食戹聲讀若楚人言恚人於革切

饁 餉田也从食盍聲詩曰饁彼南畝筠輒切

○

饁　餉田也。从食盍聲。詩曰：饁彼南畝。筠輒切〇

餫　野饋曰餫。从食軍聲。王問切

館　客舍也。从食官聲。周禮：五十里有市，市有館，館有積，以待朝聘之客。古玩切

饕　貪也。从食號聲。土刀切

叨　饕或从口刀聲。

𩟧　籒文饕从號省。

飻　貪也。从食，殄省聲。春秋傳曰：謂之饕飻。他結切

饖　飯傷熱也。从食歲聲。於廢切

饐　飯傷溼也。从食壹聲。乙冀切

餲　飯餲也。从食曷聲。論語曰：食饐而餲。乙例切，又烏介切

饑　穀不孰爲饑。从食幾聲。居衣切

饉　蔬不孰爲饉。从食堇聲。渠吝切

餧　飢也。从食委聲。一曰魚敗曰餧。奴罪切

飢　餓也。从食几聲。居夷切

餓　飢也。从食我聲。五个切

餽　吳人謂祭曰餽。从食从鬼，鬼亦聲。俱位切，又音饋

餟　祭酹也。从食叕聲。陟衛切

𩜸　小餟也。从食兌聲。輸芮切

文六十二　重十八

文二　新附

夨　九十六　傾頭也从大象形凡夨之屬皆从夨　阻力切

文二

吳　姓也亦郡也一曰吳大言也从夨口五乎切徐鍇曰大言故夨口以出聲詩曰不吳不揚今寫詩者改吳作吴又音乎化切其謬甚矣　𡗿　古文如此　○　奊　頭衺骫奊態也从夨圭聲胡結切

𡗗　頭傾也从夨吉聲讀若子古屑切

文四　重二

色　九十七　顏气也从人从卪凡色之屬皆从色　所力切　○　𢒼　古文

艵　縹色也从色并聲普丁切　○　艴　色艴如也从色弗聲論語曰色艴如也蒲没切

文三　重一

嗇　九十八　愛濇也从來从㐭來者

𩫖 用也。从亯从自。自知臭香所食也。讀若庸。余封切

䈞 厚也。从亯竹聲。讀若篤。冬毒切

文四 重三

㫗 厚也。从反亯。凡㫗之屬皆从㫗。胡口切

覃 長味也。从㫗，鹹省聲。詩曰：實覃實吁。徒含切

𠪚 古文覃

𠂢 篆文覃省

厚 山陵之厚也。从㫗从厂。胡口切

垕 古文厚从后土

文三 重三

畗 滿也。从高省，象高厚之形。凡畗之屬皆从畗。讀若伏。芳逼切

良 善也。从畗省，亡聲。呂張切

𡥉 古文良

㠃 亦古文良

𠃵 亦古文良

文二 重三

㐭 穀所振入。宗廟粢盛，倉黃㐭而取之，故謂之㐭。从入，回象屋形，中有戶牖。凡㐭之屬皆从㐭。力甚切

廩 㐭或从广从禾

勦 勞也春秋傳曰安用勦民从力巢聲子小切又楚交切

勨 繇緩也从力象聲余兩切

○勮 務也从力豦聲其據切

助 左也从力且聲牀倨切

勴 助也从力从非慮聲良倨切

[illegible] 趣也从力[illegible]聲士遇切

募 廣求也从力莫聲莫故切

勢 盛力權也从力埶聲 經典通用埶舒制切

勩 勞也詩云莫知我勩从力貰聲余制切

勱 勉力也周書曰用勱相我邦家讀若萬从力萬聲莫話切

[illegible] 推也从力畾聲盧對切

勑 勞也从力來聲洛代切

劾 法有辠也从力亥聲胡槩切

勸 勉也从力雚聲去願切

辦 致力也从力辡聲蒲莧切

券 勞也从力卷省聲臣鉉等曰今俗作倦義同渠卷切

劭 勉也从力召聲讀若舜樂部寔照切

勡 劫也从力票聲匹妙切

勁 彊也从力巠聲吉正切

勘 校也从力甚聲苦紺切

○勠 并力也从力翏聲力竹切

勖 勉也周書曰勖哉夫子从力冒聲許王切

劼 慎也从力吉聲周書曰汝劼毖殷獻臣巨乙切

[illegible] 彊也从力厥聲瞿月切

勃 排也从力孛聲蒲沒切

勶 發也从力从徹徹亦聲臣鉉等曰今俗作撤非是丑列切

劣 弱也从力少力輟切

飭 致堅也从人从力食聲讀若救切

[illegible]也从力从非慮聲[illegible]

勑 [illegible]从力[illegible]聲[illegible]切

[illegible] [illegible]聲[illegible]从力[illegible]切

劼 慎也从力吉聲周書曰汝劼毖殷獻臣巨乙切

[illegible] [illegible]也从力[illegible]聲[illegible]切

勖 勉也周書曰勖哉夫子从力冒聲許玉切

勁 彊也从力巠聲吉正切

[illegible] [illegible]也从力[illegible]聲[illegible]切 ○

劺 [illegible]也从力[illegible]聲讀若[illegible]

劭 勉也从力召聲讀若舜樂韶[illegible]切

[illegible] [illegible]从力[illegible]聲[illegible]切

勱 [illegible]周書曰用勱相我邦家讀與厲同从力萬聲莫話切

[illegible] [illegible]也从力[illegible]聲[illegible]切

勨 [illegible]也从力象聲余兩切 ○

[illegible] [illegible]也从力[illegible]聲[illegible]切

勦 勞也春秋傳曰安用勦民从力巢聲子小切

[illegible]

力切

勀 尤極也从力克聲苦得切

劫 人欲去以力脅止曰劫或曰以力止去曰劫居怯切

文四十 重六

文四 新附

苟 一百 自急敕也从羊省从包省从口口猶慎言也从羊羊與義善美同意凡苟之屬皆从苟己力切 𦍌 古文羊不省

敬 肅也从攴苟居慶切

文二 重一

皕 一百一 二百也凡皕之屬皆从皕讀若秘彼力切

奭 盛也从大从皕皕亦聲此燕召公名讀若郝史篇名醜徐鍇曰史篇謂所作倉頡十五篇也詩亦切 奭 古文奭

文四十　重六

文四

譱　吉也　从誩从羊　此與義美同意

文三　重一

誩　競言也　从二言　凡誩之屬皆从誩

讀若

文三　重一

北　一百二　乖也从二人相背凡北之屬皆从北　博墨切

冀　北方州也从北異聲　几利切

文二

黑　一百三　火所熏之色也从炎上出㕚㕚古窻字凡黑之屬皆从黑　呼北切

黴　中久雨青黑从黑微省聲　武悲切

黸　齊謂黑爲黸从黑盧聲　洛乎切

黟　黑木也从黑多聲丹陽有黟縣　烏雞切

黳　小黑子从黑殹聲　烏雞切

䵍　盤䵍姍下色从黑般聲　薄官切

黥　墨刑在面也从黑京聲　渠京切

剠　黥或从刀 ○

黔　黎也从黑今聲秦謂民爲黔首謂黑色也周謂之黎民易曰爲黔喙　巨淹切

黚　淺黃黑也从黑甘聲讀若染繒中束緅黚　巨淹切

黬　雖皙而黑也从黑箴聲古人名黬字皙　古咸切

黅　黃黑也从黑金聲　古咸切 ○

黗　黃濁也从黑屯聲　他衮切

䵎　黑皴也从黑幵聲　古典切

黨

文三　　重一

焱　二百　火華也　从三火　凡焱之屬皆从焱　以冉切

[illegible]

文二

黑　三百　火所熏之色也　从炎上出囪　囪古文囪字　凡黑之屬皆从黑　呼北切

[illegible]

黴　中久雨青黑　从黑微省聲　武悲切　○　黸　齊謂黑爲黸　从黑盧聲　洛乎切

黟　黑木也　从黑多聲　丹陽有黟縣　烏雞切

黨　不鮮也　从黑尚聲　多朗切　○　黥　墨刑在面也　从黑京聲　渠京切

黔　黎也　从黑今聲　秦謂民爲黔首　謂黑色也　周謂之黎民　易曰爲黔喙　巨淹切

黚　淺黃黑也　从黑甘聲　讀若染繒中束緅黚　巨淹切　○　黕

䵟　雖晳而黑也　从黑箴聲　古人名䵟字晳　古咸切

不鮮也从黑尚聲多朗切
黝 微青黑色从黑幼聲爾雅曰地謂之黝於糾切
黭 果實黭黯黑也从黑弇聲烏感切
黲 淺青黑也从黑參聲七感切
黕 滓垢也从黑冘聲都感切
黮 桑葚之黑也从黑甚聲他感切
黵 大汚也从黑詹聲當敢切
黶 中黑也从黑厭聲於琰切
點 小黑也从黑占聲多忝切
黯 深黑也从黑音聲乙減切
黤 青黑也从黑奄聲於檻切
䵘 䵘者志而息也从黑敢聲於檻切
○
⿰黑會 沃黑色从黑會聲惡外切
黱 畫眉也从黑朕聲徒耐切
⿰黑屍 ⿰黑屍謂之垽垽滓也从黑殿省聲堂練切
⿰黑易 赤黑也从黑易聲讀若煬餘亮切
○
黷 握持垢也从黑賣聲易曰再三黷徒谷切
儵 青黑繒發白色也从黑攸聲式竹切
黜 貶下也从黑出聲丑律切
⿰黑冤 黑有文也从黑冤聲讀若飴盌字於月切
⿰黑旦 白而有黑也从黑旦聲五原有莫⿰黑旦縣當割切
黠 堅黑也从黑吉聲胡八切
⿰黑算 黃黑而白也从黑算聲一曰短黑讀若以芥爲齏名曰芥荃也初刮切
黬 羔裘之縫从黑或聲于逼切

文三十七 重一

[illegible] 一百四 肩也象屋下刻木之形凡

文三十七　重一

克之屬皆从克徐鍇曰肩任也負何之名也與人肩膊之義通能勝此物謂之克苦得切

古文克

亦古文克

文一　重二

一百五

數飛也从羽从白凡習之屬皆从習似入切

習猒也从習元聲春秋傳曰翫歲而愒日五換切

文二

一百六

三合也从入一象三合之形凡亼之屬皆从亼讀若集秦入切臣鉉等曰此疑只象形非从入一也

思也从亼从冊力屯切

籀文侖

○

是時也从亼从乁乁古文及居音切

皆也从亼从吅从从虞書曰僉曰伯夷七廉切

○

市居曰舍从亼屮象屋也口象築也始夜切

○

合口也从亼从口候閤切

文六　重一

十　一百七　數之具也一爲東西丨爲南北則四方中央備矣凡十之屬皆从十　是執切

千　十百也从十从人此先切　○　丈　十尺也从又持十直兩切　○

肸　響布也从十从㑭臣鉉等曰㑭振㑭也羲乙切

博　大通也从十从尃尃布也補各切

㔹　材十人也从十力聲盧則切

㪟　斟㪟盛也从十从甚汝南名蠶盛曰㪟子入切

㪟　詞之㪟矣从十㪟聲秦入切

廿　二十并也古文省人汁切

三十七　大四十七　小四八十五　云

文九

入　一百八　內也象从上俱下也凡入之屬皆从入　人汁切

仝　完也从入从工疾緣切　全　篆文仝从玉純玉曰全　㒰　古文仝

从　入山之深也从山从入闕鉏箴切　○　㒳　二入也兩从此闕良獎切　○

內　入也从冂自外而入也奴對切　○　糴　市穀也从

切 ○ 內 入也从冂自外而入也奴對切 ○ 糴 市穀也

𡿺 入山之深也从山从入闕鉏箴切 ○ 从 二入也兩从此闕

仝 完也从入从工疾緣切 全 篆文仝从王純玉曰全 𠓝 古文仝

屬皆从入人汁切

入 內也象从上俱下也凡入之

文九

子入切 盛曰斟 𠦗 詞之集也从十咠聲秦入切 廿 二十并也古文省人汁切

[illegible]文士 四十二[illegible]

補各切 𠦃 材十人也从十力聲盧則切 卙 斟卙盛也从十从甚

肸 響布也从十从𦙶羲乙切 博 大通也从十从尃尃布也

千 十百也从十从人此先切 ○ 丈 十尺也从又持十直兩切 ○

屬皆从十是執切

南則四方中央備矣凡十之

十 一百 數之具也一為東西丨為

文六 重一

从入从耀 徒歷切

文六 重三

㗊 衆口也从四口凡㗊之屬皆从㗊讀若戢 阻立切 又讀若呶 一百九

嚚 語聲也从㗊臣聲 語巾切 [illegible] 古文嚚 [illegible] 呼也从㗊莧聲讀若讙 呼官切 ○

囂 聲也气出頭上从㗊从頁頁首也 許嬌切 [illegible] 囂或省 ○

器 皿也象器之口犬所以守之 去冀切

嘂 高聲也一曰大呼也从㗊丩聲春秋公羊傳曰魯昭公叫然而哭 古弔切

說文十二 四十四

文六 重二

立 住也从大立一之上 臣鉉等曰大人也一地也 會意 凡立之屬皆从立 力入切 一百十

䇓 待也从立須聲 相俞切 [illegible] 或从芻聲

竵 不正也从立𥁕聲 火鼃切

竣 偓竣也从立夋聲國語曰有司已事而竣 七倫切

端 直也从立耑聲 多官切 ○

竲 北地高樓無屋者从立曾聲 士耕切 ○

竦

文六　重二

文六　重二

竦 敬也从立从束束自申束也息拱切

竢 待也从立矣聲牀史切

⿰立巳 或从巳

竘 健也一曰匠也从立句聲讀若齲逸周書有竘匠丘羽切

⿰立𦎧 磊⿰立𦎧重聚也从立𦎧聲丁罪切

竱 等也从立專聲春秋國語曰竱本肇末旨兖切

⿰立卑 短人立⿰立卑⿰立卑皃从立卑聲傍下切

竫 亭安也从立爭聲疾郢切

靖 立竫也从立青聲一曰細皃疾郢切

○ ⿰立隶 臨也从立从隶力至切

⿰立𦝠 痿也从立𦝠聲力臥切

○ ⿰立彔 見鬼魅皃从立从彔彔籀文魅字讀若虙羲氏之虙房六切

竭 負舉也从立曷聲渠列切

⿰立昔 驚皃从立昔聲七雀切

文十九 重二

一百十一

邑 國也从口先王之制尊卑有大小从卪凡邑之屬皆从邑 於汲切

鄷 周文王所都在京兆杜陵西南从邑豐聲敷戎切

⿰馮阝 姬姓之國从邑馮聲房戎切

竆 夏后時諸侯夷羿國也从邑窮省聲渠弓切

鄘 南夷國从邑庸聲余封切

邛 邛地在濟陰縣从邑工聲渠容切

邦 國也从邑丰聲博江切

𡊁 古文

鄑 宋魯閒地从邑晉聲即移切

郫 蜀縣也从邑卑聲符支切

周文王所封在右扶風美陽中水鄉从邑支聲巨支切
岐 郊或从山支聲因岐山以名之也
⿰山枝 古文郊从枝从山
䣜 臨淮徐地从邑義聲春秋傳曰徐䣜楚魚羈切
鄬 地名从邑爲聲居爲切
郗 周邑也在河內从邑希聲丑脂切
祁 太原縣从邑示聲巨支切
鄈 河東臨汾地即漢之所祭后土處从邑癸聲揆唯切
邳 奚仲之後湯左相仲虺所封國在魯薛縣从邑丕聲敷悲切
郿 右扶風縣从邑眉聲武悲切
邿 附庸國在東平亢父邿亭从邑寺聲春秋傳曰取邿書之切
⿰且阝 右扶風鄠鄉从邑且聲千余切
⿰如阝 地名从邑如聲人諸切
邘 周武王子所封在河內野王是也从邑于聲又讀若區況于切
邭 地名从邑句聲其俱切
郛 郭也从邑孚聲甫無切
鄜 左馮翊縣从邑麃聲甫無切
邞 琅邪縣一名純德从邑夫聲甫無切
鄃 清河縣从邑俞聲式朱切
邾 江夏縣从邑朱聲陟輸切
⿰婁阝 南陽穰鄉从邑婁聲力朱切
都 有先君之舊宗廟曰都从邑者聲周禮距國五百里爲都當孤切
⿰余阝 邾下邑地从邑余聲魯東有⿰余阝城讀若塗同都切
⿰屠阝 左馮翊郃陽亭从邑屠聲同都切
郚 東海縣故紀侯之邑也从邑吾聲五乎切
郪 新郪汝南縣从邑妻聲七稽切
⿰秎阝 殷諸侯國在上黨東北从邑秎

……右扶風美陽……

……从山……古文……从邑……

……从邑……聲……

……文十一……

……四十六……

……从邑……聲……

……从邑……江夏……

……从邑……左馮翊……

……東海……从邑……

聲秎古文利商書西伯戡𨞎郎奚切

郋 汝南邵陵里从邑自聲讀若奚胡雞切

郳 齊地从邑兒聲春秋傳曰齊高厚定郳田五雞切

邽 隴西上邽也从邑圭聲古畦切

酅 東海之邑从邑巂聲戶圭切

⿰非阝 河東聞喜縣从邑非聲薄回切

⿰崩阝 右扶風鄠鄉从邑崩聲沛城父有⿰崩阝鄉讀若陪薄回切

郂 陳留鄉从邑亥聲古哀切

邰 炎帝之後姜姓所封周棄外家國从邑台聲右扶風斄縣是也詩曰有邰家室土來切

⿰臣阝 地名从邑臣聲植鄰切

邠 周太王國在右扶風美陽从邑分聲補巾切

豳 美陽亭即豳也民俗以夜市有豳山从山从豩闕

鄰 五家爲从邑粦聲力珍切

郇 周武王子所封國在晉地从邑旬聲讀若泓相倫切

鄞 會稽縣从邑堇聲語斤切

鄖 漢南之國从邑員聲漢中有鄖關羽文切

⿰樊阝 京兆杜陵鄉从邑樊聲附袁切

邨 地名从邑屯聲臣鉉等曰今俗作村非是此尊切

邯 趙邯鄲縣从邑甘聲胡安切

邗 國也今屬臨淮从邑干聲一曰邗本屬吳胡安切

⿰乾阝 地名从邑乾聲古寒切

鄲 邯鄲縣从邑單聲都寒切

酄 ○ 魯下邑从邑雚聲春秋傳曰齊人來歸酄呼官切

⿰山阝 地名从邑山聲所閒切

⿰秊阝 左馮翊谷口鄉从邑秊聲讀若寧奴顛切

酀 地名从邑燕聲烏前切

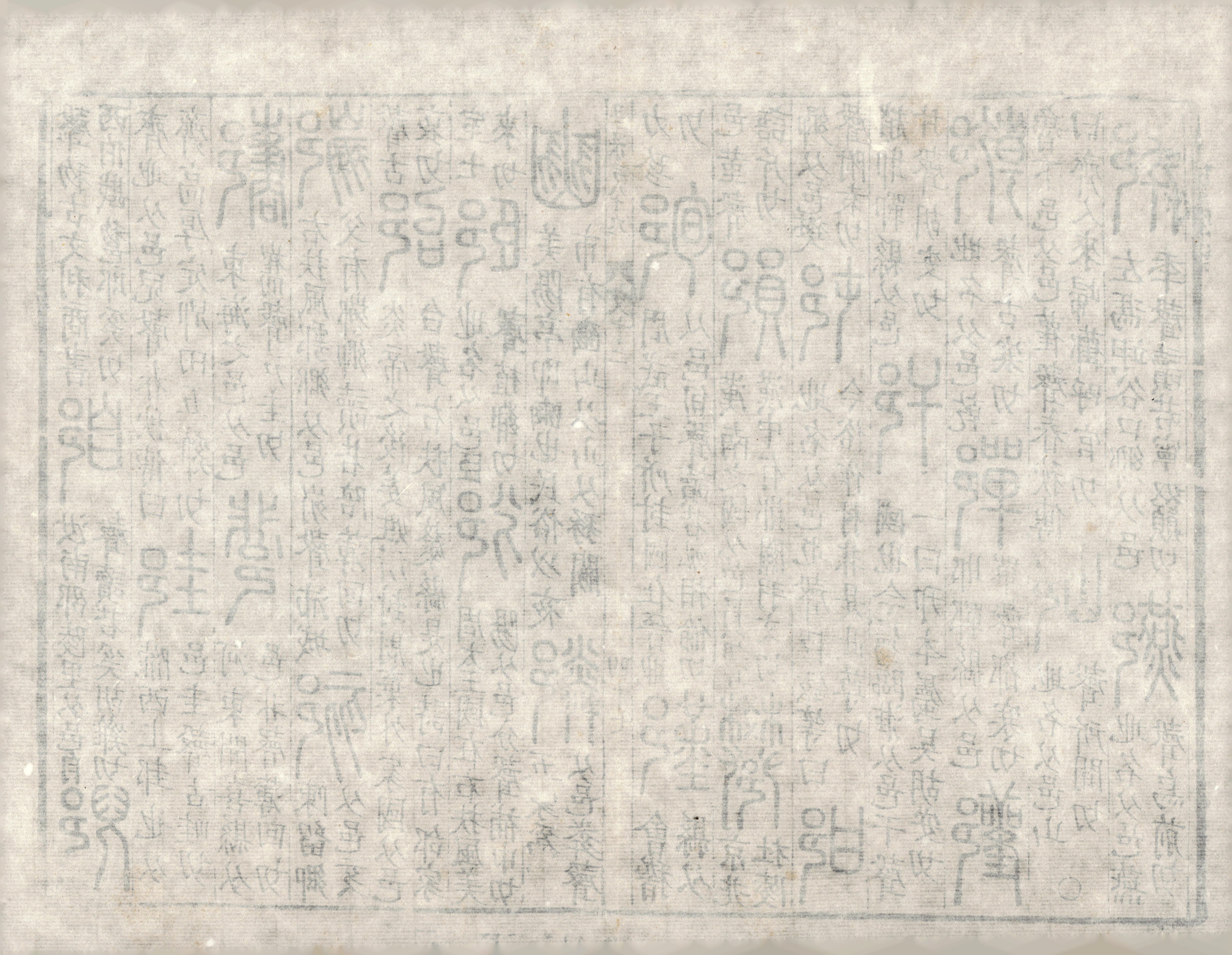

⿰𡨄阝 地、名从邑𡨄聲七然切
郔 鄭地从邑延聲以然切
鄢 南郡縣孝惠三年改名宜城从邑焉聲於乾切
⿰虔阝 河南閒喜聚从邑虔聲渠焉切
鄡 鉅鹿縣从邑梟聲牽遥切
郊 距國百里爲郊从邑交聲古肴切
⿰包阝 地名从邑包聲布交切
鄛 南陽棗陽鄉从邑巢聲鉏交切
⿰号阝 南陽淯陽鄉从邑号聲乎刀切
鄱 鄱陽豫章縣从邑番聲薄波切
⿰虘阝 沛國縣从邑虘聲昨何切
⿰冄阝 西夷國从邑冄聲安定有朝諾縣那何切
⿰舍阝 地名从邑舍聲式車切
邪 琅邪郡从邑牙聲以遮切
邡 什邡廣漢縣从邑方聲府良切
鄣 紀邑也从邑章聲諸良切
⿰襄阝 今南陽穰縣是从邑襄聲汝羊切
⿰匡阝 河東聞喜鄉从邑匡聲去王切
⿰臺阝 地名从邑臺聲臺古堂字徒郎切
郎 魯亭也从邑良聲魯當切
⿰旁阝 汝南鮦陽亭从邑旁聲步光切
邙 河南洛陽北土山上邑从邑亡聲莫郎切
郕 魯孟氏邑从邑成聲氏征切
郱 地名从邑并聲薄經切
鄍 晉邑也从邑冥聲春秋傳曰伐鄍三門莫經切
酃 長沙縣从邑霝聲郎丁切
邢 周公子所封地近河内懷从邑开聲戶經切
郉 鄭地邢亭从邑井聲戶經切
鄫 姒姓國在東海从邑曾聲疾陵切

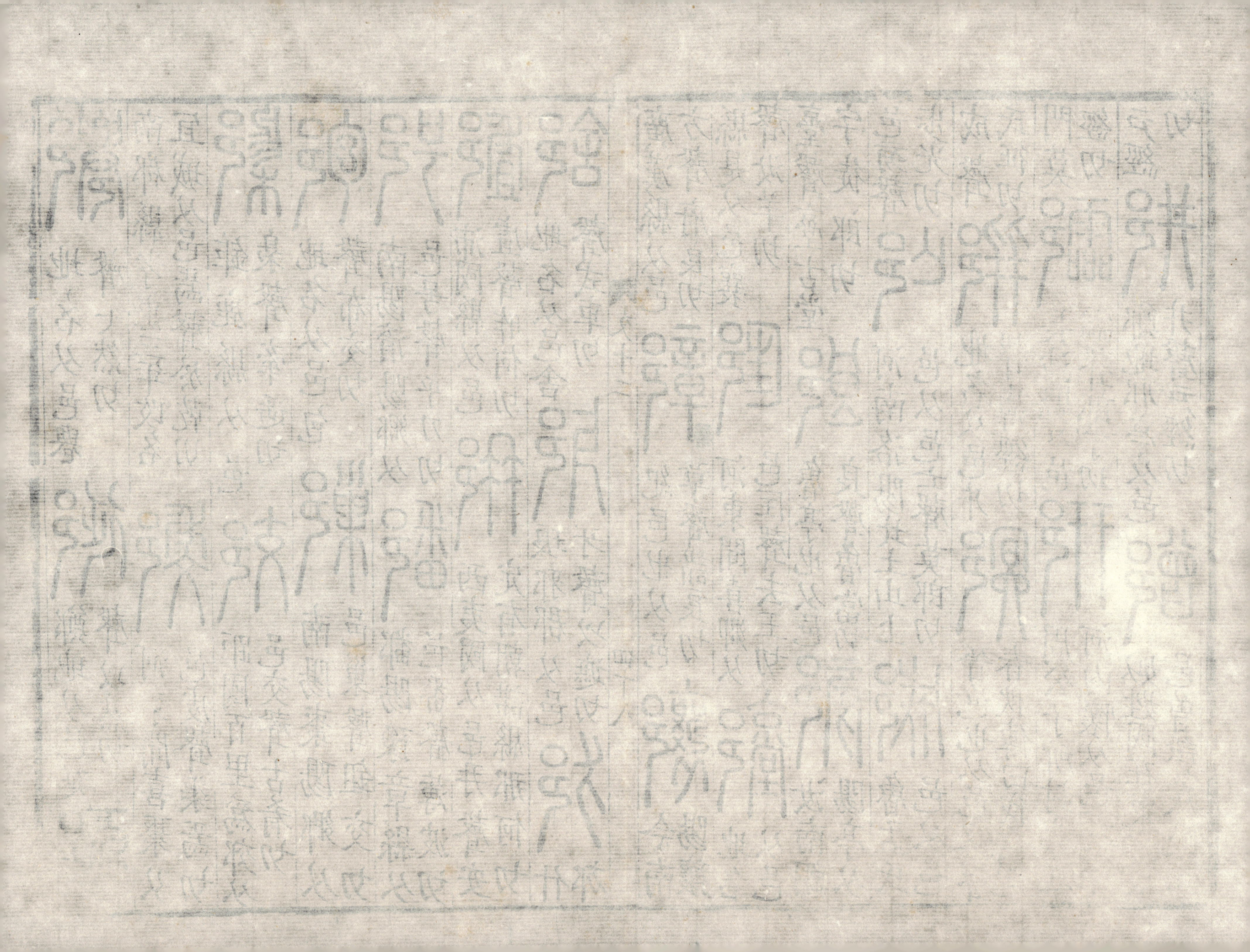

書舍从邑邉也羽求切

邱 地名从邑丘聲去鳩切

□ 地名从邑求聲巨鳩切

鄾 鄧國地也从邑憂聲春秋傳曰鄧南鄙鄾人攻之於求切

□ 蜀江原地从邑壽聲市流切

鄋 北方長狄國也在夏爲防風氏在殷爲汪江氏从邑叜聲春秋傳曰鄋瞞侵齊所鳩切

鄒 魯縣古邾國帝顓頊之後所封从邑芻聲側鳩切

郰 魯下邑孔子之鄉从邑取聲側鳩切

郖 弘農縣庾地从邑豆聲當侯切

鄩 周邑也从邑尋聲徐林切

郴 桂陽縣从邑林聲丑林切

□ 也齊桓公之所滅从邑覃聲臣鉉等曰今作譚非說文注義有譚長疑後人傳寫之誤徒含切

郯 東海縣帝少昊之後所封从邑炎聲徒甘切

□ 宋地也从邑毚聲讀若讒士咸切

□ 地名从邑几聲居履切

鄙 五酇爲鄙从邑啚聲兵美切

□ 南陽西鄂亭从邑里聲良止切

邔 南陽縣从邑己聲居擬切

鄦 炎帝太嶽之胤甫侯所封在潁川从邑無聲讀若許虛呂切

鄅 妘姓之國从邑禹聲春秋傳曰鄅人籍稻讀若規榘之榘王榘切

□ 南陽舞陰亭从邑羽聲王榘切

郙 汝南上蔡亭从邑甫聲方矩切

□ 地名从邑虖聲呼古切

扈 夏后同姓所封戰於甘者在鄠有扈谷甘亭从邑戶聲胡古切

□ 古文扈从山弓

有扈谷甘亭从邑户聲胡古切 [篆] 古文扈从山马

夏后同姓所封戰於甘者在鄠 [篆] [illegible]

[篆] 邑甫聲方矩切 [篆] [illegible]从邑[illegible]聲[illegible]切 [篆] [illegible]

汝南上蔡亭从[illegible] [篆] [illegible]

[篆] 汝南鄉从邑[illegible]聲[illegible] [篆] [illegible]从邑[illegible]聲[illegible]切

炎帝太嶽之胤甫侯所封在潁川从邑無聲讀若許虛呂切 [篆] [illegible]

[篆] [illegible]从邑[illegible]聲[illegible]切 [篆] [illegible]

[篆] [illegible]切 [篆] [illegible]从邑[illegible]聲[illegible]切 [篆] [illegible]

[篆] [illegible]从邑[illegible]聲[illegible]切 [篆] [illegible]

文[illegible] 重[illegible]

[篆] [illegible]从邑[illegible]聲[illegible]切 [篆] [illegible]

[篆] [illegible]从[illegible] [篆] [illegible]

[篆] [illegible]切 [篆] [illegible]

[篆] [illegible]从邑[illegible]聲[illegible]切 [篆] [illegible]

[篆] [illegible]从邑[illegible] [篆] [illegible]

鄠 右扶風縣名从邑雩聲胡古切
鄔 太原縣从邑烏聲安古切
邸 屬國舍从邑氏聲都禮切
邧 鄭邑也从邑元聲虞遠切
酇 百家爲酇酇聚也从邑贊聲南陽有酇縣作管切又作旦切
鄻 周邑也从邑輦聲力展切
鄝 地名从邑翏聲盧鳥切
⿰少阝 地名从邑少聲書沼切
邩 地名从邑火聲呼果切
⿰尚阝 地名从邑尚聲多朗切
郠 琅邪莒邑从邑更聲春秋傳⋯杏切
邴 宋下邑从邑丙聲兵永切
鄳 江夏縣从邑黽聲莫杏切
⿰嬰阝 地名从邑嬰聲於郢切
郢 故楚都在南郡江陵北十里从邑呈聲以整切
⿰呈阝 郢或省

⿰丑阝 地名从邑丑聲女九切
郈 東平無鹽鄉从邑后聲胡口切
⿰口阝 京兆藍田鄉从邑口聲苦后切
郶 天水狄部从邑咅聲蒲口切
⿰𡿧阝 地名从邑𡿧聲讀若淫力荏切
⿰奄阝 周公所誅⿰奄阝國在魯从邑奄聲依檢切
⿰契阝 周封黃帝之後於⿰契阝也从邑契聲讀若薊上谷有⿰契阝縣古詣切
鄨 牂牁縣从邑敝聲讀若鷩雉之鷩必袂切
⿰巿阝 沛郡从邑巿聲博蓋切
鄶 祝融之後妘姓所封潧洧之間鄭滅之从邑會聲古外切
⿰𦫳阝 汝南安陽鄉从邑蒯省聲苦怪切
⿰祭阝 周邑也从邑祭聲側介切
⿰耒阝 今桂陽⿰耒阝陽縣从邑耒聲盧對切
邶 故商邑在河内朝歌以北是也从邑北聲

[illegible]邑耒聲盧對切 今桂陽[illegible]縣从[illegible] ○ [illegible]

[illegible]从邑[illegible]聲[illegible]切 ○ [illegible]

[illegible]从邑[illegible]聲[illegible] ○ [illegible]

[illegible]从邑[illegible] ○ [illegible]

[illegible]从邑[illegible]聲 ○ [illegible]

[illegible]从邑[illegible]聲[illegible] ○ [illegible]

[illegible]从邑口聲[illegible] ○ [illegible]京兆[illegible]

[illegible]文[illegible]丰[illegible]

[illegible]从邑[illegible] ○ [illegible]

[illegible]从邑[illegible]聲[illegible]切 ○ [illegible]

[illegible]从邑[illegible]聲[illegible] ○ [illegible]

[illegible]从邑[illegible]聲[illegible] ○ [illegible]

[illegible]从邑[illegible]聲[illegible] ○ [illegible]太原縣从邑[illegible] ○ [illegible]

補妹切

⿰𢦏邑 故國在陳留从邑𢦏聲作代切

鄆 河內沁水鄉从邑軍聲魯有鄆地王問切

郡 周制天子地方千里分爲百縣縣有四郡故春秋傳曰上大夫受郡是也至秦初置三十六郡以監其縣从邑君聲渠運切

郾 潁川縣从邑匽聲於建切

⿰蔓邑 蜀廣漢鄉也从邑蔓聲讀若蔓無販切

鄯 鄯善西胡國也从邑从善善亦聲時戰切

鄄 衞地今濟陰鄄城从邑垔聲吉掾切

邵 晉邑也从邑召聲寔照切

⿰肖邑 國甸大夫稍稍所食邑从邑肖聲周禮曰俏地在天子三百里之內所教切

郜 周文王子所封國从邑告聲古到切

⿰馬邑 郇鄢犍爲縣从邑馬聲莫駕切

邟 潁川縣从邑亢聲苦浪切

鄭 京兆縣周厲王子友所封从邑奠聲宗周也滅鄭徒潧洧之上今新鄭是也直正切

鄧 曼姓之國今屬南陽从邑登聲徒亘切

鄇 晉之溫地从邑矦聲春秋傳曰爭鄇田胡遘切

鄮 會稽縣从邑貿聲莫候切

○鄐 晉邢矦邑从邑畜聲丑六切

郁 右扶風郁夷也从邑有聲於六切

鄏 河南縣直城門官陌地也从邑辱聲春秋傳曰成王定鼎于郟鄏而蜀切

○郅 北地郁郅縣从邑至聲之日切

⿰桼邑 齊地也从邑桼聲親吉切

邲 晉邑也邑必聲春秋傳曰晉楚戰于邲毗必切

郣 郣海地从邑孛聲一曰地之起者曰郣臣鉉等曰今俗作渤非是蒲沒切

⿰莤邑 南陽陰鄉从邑

葛聲古達切

鄚 涿郡縣从邑莫聲慕各切

鄗 常山縣世祖所即位今爲高邑从邑高聲呼各切

郝 右扶風鄠盩厔鄉从邑赤聲呼各切

鄂 江夏縣从邑咢聲五各切

郭 齊之郭氏虛善善不能進惡惡不能退是以亡國也从邑𦎫聲古博切

郤 晉大夫叔虎邑也从邑谷聲綺戟切

⿰耤阝 蜀地也从邑耤聲秦昔切

邮 左馮翊高陵从邑由聲徒歷切

酈 南陽縣从邑麗聲郎擊切

郹 蔡邑也从邑狊聲春秋傳曰郹陽封人之女奔之古闃切

鄎 姬姓之國在淮北从邑息聲今汝南新鄎相即切

⿰翕阝 地名从邑翕聲希立切

郃 左馮翊郃陽縣从邑合聲詩曰在郃之陽侯閤切

⿰盍阝 地名从邑盍聲胡蠟切

鄴 魏郡縣从邑業聲魚怯切

郟 潁川縣从邑夾聲工洽切

[反邑] 从反邑⿰邑㔾字从此闕

文一百八十一 重六

皀 一百十二

穀之馨香也象嘉穀在裹中之形匕所以扱之或說皀一粒也凡皀之屬皆从皀又讀若香 皮及切

香 說文

馨 香之遠聞者从香殸聲殸籀文磬

文二 重六

既 小食也从皀旡聲論語曰不使勝食既居未切 ○ 冟 飯剛柔不調相著从皀冂聲讀若適施隻切 即 即食也从皀卪聲徐鍇曰即就也子力切

文四

卅 一百十三 三十并也古文省凡卅之屬皆从卅蘇沓切

世 三十年爲一世从卅而曳長之亦取其聲也舒制切

文二

帀 一百十四 周也从反之而帀也凡帀之屬皆从帀周盛說子荅切

師 二千五百人爲師从帀从𠂤𠂤四帀衆意也踈夷切 𠂵 古文師

文二 重一

雥 一百十五 羣鳥也从三隹凡雥之屬皆从雥徂合切

𩁹 鳥羣也从雥𣶒聲烏玄切 ○ 雧 羣鳥在木上也从雥从木秦入切

䨥 鳥羣也从雥淵聲烏玄切 ○ 雧 羣鳥在木上也从雥从木秦入切 集 雧或省

[illegible]从雥 切 徂合

雥 一百五 羣鳥也从三隹凡雥之屬皆从雥

文三 重一

市 二十五百 [illegible]天子朱市諸侯赤市[illegible]从巾象連帶之形 凡市之屬皆从市 分勿切 韍 篆文市

[illegible] 十四 一百 [illegible]从[illegible]凡[illegible]之屬皆从[illegible] [illegible]切

[illegible] 三十[illegible]从巾[illegible]凡[illegible]之屬皆从[illegible] [illegible]切

文二

[illegible] 十三 一百 [illegible]凡[illegible]之屬皆从[illegible]

文四

皀 [illegible]讀若香 [illegible]切

即 即食也从皀卩聲 子力切

既 小食也从皀旡聲論語曰不使勝食既 居未切 ○

冟 [illegible]

襲 襲或省

文三 重一

㚔 一百十六 所以驚人也从大从羊一曰大聲也凡㚔之屬皆从㚔一曰讀若瓠一曰俗語以盜不止爲㚔㚔讀若籋 尼輒切

盩 引擊也从㚔攴見血也扶風有盩厔縣張流切 ○ 圉 囹圄所以拘罪人从㚔从囗一曰圉垂也一曰圉人掌馬者魚舉切 ○ 報 當罪人也从㚔从𠬝𠬝服罪也博号切 ○ 𥷚 窮理罪人也从㚔从人从言竹聲居六切 𥷚 或省言 睪 司視也从横目从㚔令吏將目捕罪人也羊益切 執 捕罪人也从丮从㚔㚔亦聲之入切

文七 重一

聿 一百十七 手之疌巧也从又持巾凡聿之屬皆从聿 尼輒切

肄 習也从聿𣏟聲羊至切 𦘔 籀文肄 肄 篆文肄

○肅 持事振敬也从聿在𣶒上戰戰兢兢也息逐切 𢘽 古文肅从心从𠁧

文三　重三

劦 一百十八 同力也从三力山海經曰惟號之山其風若劦凡劦之屬皆从劦 胡頰切

恊 同心之和从劦从心胡頰切 協 衆之同和也从劦从十臣鉉等曰十衆也胡頰切 旪 古文協从曰十 叶 或从口 勰 同思之和

胡頰切

文一　重五

甲 一百十九 東方之孟陽气萌動从木戴孚甲之象一曰人頭宜爲甲甲象人頭凡甲之屬皆从甲 古狎切 𠇞 古文甲始於十見於千成於木之象

文一　重一

重刊許氏說文解字五音韻譜卷十

○[illegible]

文三　重二

劦　[illegible]　同力也从三力山海經曰惟

號之山其風若劦凡劦之屬皆从劦

[illegible]　胡頰切

勰　[illegible]　協　衆之同和也从劦从十　[illegible]　同心之和从劦从心

[illegible]　叶　古文協从曰十　旪　[illegible]　勰　同思之和从劦从思

文[illegible]　重[illegible]

甲　古狎切　東方之孟陽气萌動从木

戴孚甲之象一曰人頭宜爲

甲甲象人頭凡甲之屬皆从甲

古狎切　[古文甲]　古文甲始於十見於千成於木之象

文二　重一

說文解字五音韻譜卷[illegible]

五福五代堂古稀天子寶

八徵耄念之寶

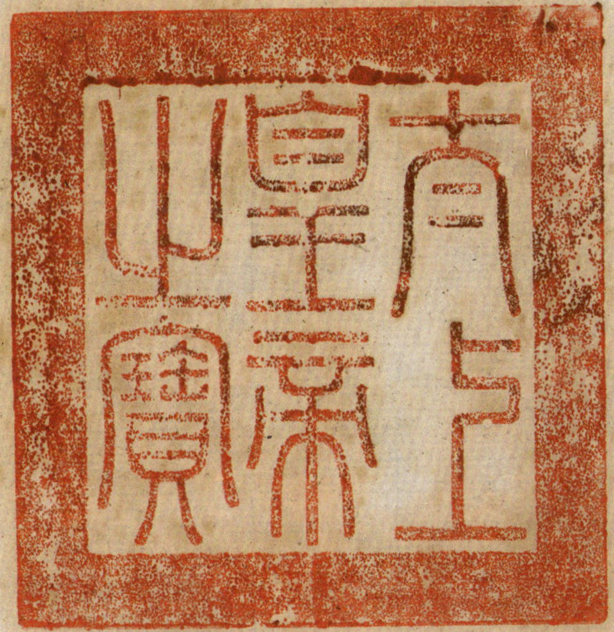
太上皇帝之寶

後记

《重刊許氏説文解字五音韵譜》十二卷，漢許慎撰、宋徐鉉校定、李燾改編。

許慎，字叔重，汝南人，官太尉南閣祭酒。博學經籍，歷經二十餘年著成《説文解字》。

徐鉉，字鼎臣，徐鍇之兄，兄弟二人皆以研究《説文解字》聞名於世。南唐時任吏部尚書，入宋以後爲太子率更令。

李燾，字仁甫，號巽岩。紹興進士，累官禮部侍郎，敷文閣學士。一生著述甚富，除《説文解字五音韵譜》外，還撰有《續資治通鑒長編》、《六朝通鑒博議》、《李文簡詩集》等著作。

《説文解字》作爲我國第一部分析字形、解釋字義、辯識聲讀的字典，系統展示了漢字形、音、義之間的必然聯繫，解釋了字形構造的緣由，反映出漢字形義的相互依存關係，是重要的文字學著作。歷代對《説文解字》的研究、考訂著作可謂汗牛充棟，《重刊許氏説文解字五音韵譜》就是其中影響深遠的一部。

北宋初年，徐鉉等奉敕校定《説文解字》，後詔令雕版，用廣流布。至南宋孝宗時，

李燾參取《集韵》的分韵方法撰成《説文解字五音韵譜》，將《説文解字》的文字內容以『始東終甲』的音韵順序重新編排，替代原來『始一終亥之舊次』，而『偏旁各以形相從』，非常便於檢索、閲讀。此後，該書風行宇內，歷代多有刊刻，學人士子都是采用此李燾『始東終甲』之本，如清初王夫之著《説文廣義》時即以《説文解字五音韵譜》爲底本。

《重刊許氏説文解字五音韵譜》一書最早刊刻於南宋孝宗時期，當時李燾正在四川遂寧任官，便在四川鏤版發行。隨着該書的盛行，元、明兩代多有翻刻，諸如弘治十四年車玉刊本、嘉靖七年郭雨山刊本、萬曆四十七年張經世刊本、天啓七年世裕堂刊本等等，這些不同版本的《重刊許氏説文解字五音韵譜》無不是以宋本爲祖本。

中國書店所藏《重刊許氏説文解字五音韵譜》二函十二册，爲珍貴的宋代刊本。該書半頁七行，行十三至十四字不等，小字雙行、行二十一字，白口、單魚尾，左右雙欄。以黄麻紙精印，紙質頗厚，廉寬二指。全套書均以清宫廷織錦裝潢，保存完好。考其流傳，該書先爲汲古閣毛氏所藏，鈐有『宋本』、『甲』、『汲古主人』、『毛晋之印』、『毛氏子晋』、『毛扆之印』、『斧季』等印；入清以後輾轉進入内府收藏，鈐有乾隆皇帝的『五福五代堂寶』、『八徵耄念之寶』、『太上皇帝之寶』、『乾隆御覽之寶』、『天禄琳琅』、『天禄繼鑒』等印，并爲《天禄琳琅書目後編》著録，注明『二函，十二册書

……書中注孝宗御名，實成書時初刻也』；直到民國時期内府藏書散出，爲于蓮客所得，鈐有『于懷』、『蓮居士身外物』等印及于氏墨筆題記一則；解放後由中國書店收購於民間，可謂傳承有緒。

今鑒於宋版《重刊許氏説文解字五音韵譜》有着極高的文物價值與文獻價值，而又舉世罕見，中國書店特以宋版原書爲底本影印發行。在影印過程中，本着在内容、版式上保存古籍原貌，在裝潢上仿原書宫廷裝幀的宗旨進行復製，爲《説文解字》的學術研究與文獻整理提供一個珍惜的版本，也爲綫裝古籍愛好者提供一部精美的藏品。

中國書店出版社

壬辰年春

图书在版编目(CIP)数据

重刊许氏说文五音韵谱 / （汉）许慎撰；（宋）徐铉，（宋）李焘校订、改编. —北京：中国书店，2012.8
（中国书店藏珍贵古籍丛刊）ISBN 978-7-5149-0419-2

Ⅰ.①重… Ⅱ.①许…②徐…③李… Ⅲ.①汉字—古文字学
Ⅳ.①H161

中国版本图书馆CIP数据核字（2011）第152593号

ISBN 978-7-5149-0419-2

9 787514 904192 >

中國書店藏珍貴古籍叢刊

重刊許氏說文解字五音韻譜 二函十二册

作　者　漢·許慎 撰
　　　　宋·徐鉉 校定 李燾 改編
出版發行　中國書店
地　址　北京市西城區琉璃廠東街一一五號
郵　編　一〇〇〇五〇
印　刷　江蘇省金壇市古籍印務有限公司
版　次　二〇一二年十月第一版 第一次印刷
書　號　ISBN 978-7-5149-0419-2
定　價　一六八〇〇元